庫

# 消えていく日に

加藤千恵

徳間書店

# 目次

目次・扉デザイン　岡本歌織（next door design）

# 夏の飛びこみ

晴れているが、東京よりはいくぶん暑さはやわらいで感じられた。八月終わりの太陽が輝いている。

東京から新幹線に乗り、途中で普通電車に乗り換え、駅からはバスに乗った。久しぶりに乗るバスは、平日の午前中ということもあってか、座席はほとんど埋まっていなかった。卒業した中学校の前を通りかかったときは、思わずしっかりと眺《なが》めてしまったけど、部活の練習をしている子たちも見当たらず、古びたクリーム色の校舎があるだけだった。運賃は、昔よく乗っていた頃に比べて、二十円値上がりしていた。

バス停からここまでは歩いて五分ほど。通りかかった家の前、普段はつながれているはずの犬の姿が見つからなくて心配になった。家の中にいれてもらっているのならいいが、死んでしまったのかもしれない。以前教えてもらったはずの名前も憶《おぼ》えていない程度の関係なのだが、いなくなってしまうのは寂《さび》しい。

誰ともすれ違わないまま、目的地にたどり着く。外に停められている深緑色の軽自動車は、母がカルチャーセンターや買い物に行くときに使っているものだ。このあたりで生活している人は、たいてい自家用車で移動する。

前回ここにやってきたのはお正月だったから、半年以上ぶりということになる。どうしたの、と驚く声を想像しながら、玄関の扉を開けようとした。

ガチャッ
鍵《かぎ》が閉まっているのだと気づくのに、二回ほど同じ行為を繰り返した。冷静に考えれば、もっと早くわかってもよかった。ただ、この家の鍵が閉められているのなんて、外出時か就寝時のいずれかで、今はどちらも当てはまらない気がしたのだ。

ドアチャイムを押した。ピンポーン、という音が室内で鳴ったのが、扉越しにわかる。すぐに出てくると思ったのに、予想に反し、ちっとも現れない。扉の向こうで誰かが動いている物音や気配すらもない。

おかしいと思い、玄関から車庫に移動した。シャッターを開けると、そこにはグレーのセダン。父が普段乗っている車だ。

車が二台ともあるということは、買い物で留守にしているわけではないということだ。

両親は二人とも六十代だ。お正月に帰ってきたときに、体調が悪いという話は聞いていなかったし、少し前にかかってきた母からの電話でも、そういった話題は出なかったが、何かあってもおかしくはない。

シャッターを閉めて、再び玄関に戻る。家の中で二人揃《そろ》って倒れている光景を頭の中に思い浮かべ、さすがに揃ってということはないか、と思い直すが、押したドアチャイムに対して、やはり反応はない。

鍵をつけておいてよかった。めったに使わないから、次に来たときには返そうかとも思っていたくらいだ。

以前アウトレットで買ったキーホルダーは、ブランドの名前が一文字ずつ形になってくっついているデザインだ。ずいぶん長く使っているから、表面のピンクが、ところどころ剝《は》げてしまっている。それには三つの鍵がついている。自宅の鍵、恋人である達臣《たつおみ》の部屋の鍵、そしてここ、実家の鍵。

扉を開け、中へと入る。見慣れた空間は、いつものように、物が多いながらもしっかりと片付けられてはいる。リビング、ダイニング、洗面所、お風呂場、トイレ、和室、二階の数部屋。ゆっくり回っていったが、二人が倒れているようなことはなく、そこにはただ空間が広がっているだけだった。

不在の理由がわかるようなものもない。

わたしはバッグからスマートフォンを取り出し、母に連絡することにした。これではせっかく黙って帰ってきた意味がないのだが、仕方ない。

着信音が一回鳴り、二回目が鳴りかけたくらいで、すぐにつながった。

「もしもし」

「もしもし、亜耶子《あやこ》だけど」

名前を告げると、あらー、珍しい、とのんびりとした声が返ってきた。

「今どこにいるの？　実は帰ってきたんだけど」

「えっ？　うちにいるの？」

「そう」

答えると、えー、そうなのー、という相づちから、高い笑い声になった。笑いにまぎらせるように、いやだわー、と言う。それも楽しげに。

「どこにいるの？」

同じ質問を繰り返すと、九州よ、と帰ってきた。

「九州？」

近くにそんな名前の店があっただろうか、という考えは、繁美《しげみ》おばさんのところ、と続いた言葉で飛び去った。父の妹である繁美おばさんは、結婚を機に福岡で暮らしはじめ、旦那《だんな》さんを亡くした今も、そこに住んでいるはずだ。つまり、店名でも比喩《ひゆ》でもなく、本当の九州。

「帰ってくるなら言ってくれたらよかったのに。四日前からこっちに来てるのよ。毎日、おいしいものたくさん食べて、太っちゃったかもしれないわ」

電話の向こうから、母のものではない笑い声がする。おそらく繁美おばさんの声。それにまじるようにして、亜耶子か、という父の声も聞こえた。わたしにではなく、母に訊《たず》ねているのだろう。

「いないなんて思わなかったから」

気まずさから、もごもごとした、つっかえるような言い方になったのが自分でわかった。

「わたしたちは明日の朝帰るんだけど、いつまでいられるの？　夏休みとれたの？」

「うん。明後日までいるつもり」

休みは四日後までなのだが、達臣と出かける予定が入っている。

「あら、そうなの。じゃあちょっとだけ待っててちょうだい。おみやげ、何か欲しいものある？」

幼い子どもに言い含めるかのような口調だ。特にないけど、と答えると、帰ってくるなら言ってくれればよかったのに、とまたさっきも聞いたようなフレーズが繰り返される。まさか九州に行くなんて思ってないし、と言いかけたのをやめて、うん、とだけ返す。

通話を終えると、一気に力が抜けた。九州か。

足元に置きっぱなしにしていたボストンバッグに目をやるも、そのままにして、居間の黒いソファに腰かける。何度となく脳内でシミュレーションしていた流れからは、ずいぶんズレてしまった。

四人掛けのダイニングテーブルに、たった一人で向き合っている。テーブルの上にあるのは、カップのワンタン麺《めん》だ。熱湯三分と書かれているので、あと一分ほどで食べごろになるだろう。

父、母、兄、わたし。

それぞれの定位置に座り、食事をとったのは、いつが最後だったっけ。大阪の大学に行った兄は、そのままそこでメーカーに就職し、結婚して、今は二人の子持ちだ。長期休暇は、旅行や奥さんの実家に行くことが多いようで、なかなか顔を合わせていない。両親はたまに大阪まで、観光だと言って出かけているけど、観光というのは口実で、孫の顔が見たいのだろう。

上に箸《はし》を置くことで、無理やり蓋《ふた》をしていたカップを開けると、かすかに湯気がたちのぼる。母が食べるとは思えないから、父が買い置きしていたのかもしれない。戸棚の中には他にも、カップ焼きそばや、キムチラーメンなんてものがあった。

麺をすする。ずいぶんと油っぽく感じられて、お湯を注《そそ》ぐときから気づいていたように、これが食べたいわけじゃないんだよな、という気持ちがさらに強まる。

こんなことなら、駅でお弁当でも買えばよかった。山ほどある選択肢を振り切って、飲み物だけを買って新幹線に乗ったのは、母の料理が食べられると見込んでいたからだ。冷蔵庫にはいつだって、母による作りおきのおかずが何品も入っていた。けれどさっき確認したところ、冷蔵庫の中は、塩辛などの瓶詰めがいくつかと、飲み物、ドレッシングや調味料があるくらいで、すぐにそれだけで食事となるようなものはなかった。作る気はないものの、一応のぞいた野菜室もほとんどからっぽで、旅行に合わせて使い切ったのであろうことがわかる。計画的な性格に感心すると同時に、ちょっと恨《うら》めしさを憶える。

実家で食べるカップ麵は、一人暮らしの部屋で食べるカップ麵以上に、わびしさを強める。まさかこんな食事をとることになるとは。完全に予想外だ。

空腹が満たされたというよりも、味に飽《あ》きてしまい、箸をいったん置く。ダイニングテーブルの表面に、いくつか細かい傷があることに気づく。深いブラウンなので見えにくくはあるが、それでもずいぶん長いあいだ使いこんでいることは一目でわかる。

わたしが生まれたときには、この家は既《すで》にあった。四つ上の兄が乳児のときに建てたはずだから、築年数は三十五年ほどだろうか。ダイニングテーブルも、わたしが物心ついてから、買い替えたという記憶はないから、おそらく同じくらいの古さだ。

今の自分の年齢のときに、両親は家を買い、二人の子どもを持っていたと考えると驚いてしまう。仕事をするので精いっぱいだなんて、わたしはやっぱり甘いのだろうか。時代や地域の違いを差し引いても、距離は遥かに遠い。

夜遅く帰っては、外食や出来合いのもので夕食を済ませ、週末にまとめて洗濯や掃除をしているが、綺麗《きれい》にしようというよりも、帳尻《ちょうじり》合わせのような行動に近い。

大学進学を機に上京し、十五年近く一人暮らしをしているというのに、いまだにわたしは、自分が生活しているという感覚を持てずにいる。それよりも、子どものときにやっていた、おままごと的な感覚に近い。生活ごっこ。

生まれたときから両親だった両親に、自分と同じような時代があったというのを、理屈ではわかるけど、やっぱりまだ飲みこめていない。古い記憶の中の母が、今の自分よりも若かったという事実が信じられない。

丸い壁掛け時計を見る。外枠だけが木製になっている。これもだいぶ古いものだ。止まったり遅れたりすることも多く、しょっちゅう父が電池を入れ換えている。

十一時少し前。間違っていないようだ。母は明日の朝に帰ってくると言っていたけど、正確な時刻は確認していない。朝というのはあくまで出発時刻のことで、到着は昼過ぎになるかもしれない。なんにしても、相当長い時間になりそうだ。

「あやっぺ、全然変わらないねー」

「それっていいことなのかな」

わたしは小さく笑う。懐《なつ》かしい呼び名にも、ほめられているのかそうでないのかわからない言葉の内容にも。

「うらやましいよ。わたしなんて子ども産んでから太っちゃって。洋服もこのところは買いに行ったりできなくって。あ、あやっぺは子どももいるの？」

「ううん、子どももいないし、独身」

「意外ー」

またしても、ほめられているのかそうでないのかわからず、わたしは、ふふ、と曖《あい》昧《まい》な笑い声を出した。

お客さんのさほどいないフードコート。目の前に座っている、エプロン姿の貴恵《きえ》は、確かに以前会ったときよりも太ったようだけど、年相応にも感じられる。もともとがとても細かったのだ。同じクラスだった中学時代、わたしたちはよく話をしていた。今となっては、どんな話をしていたのかも思い出せないけど、貴恵はおしゃべりだった記憶がある。今もそれは変わっていないみたいだ。

母の軽自動車を借りて、ドライブでも行こうかと決めたものの、行っておくべきところも行きたいところもまるで思いつかなかった。それに実際、車に乗ってみると、久しぶりの運転は、予想以上に緊張するもので、あまり遠出はできそうになかった。積極的にというより、消去法で残された目的地として、このショッピングモールにたどり着いたのだ。

欲しいものなんて特にないまま、ただふらついていると、輸入食品店が目についた。東京にもあるけど、自宅の近所には少ない。今夜の食事のことも考えなければいけないと思い、入った店で、貴恵に話しかけられたのだった。

「よかった、人まちがいじゃなくって。言ってからドキドキしたんだよね」

「いきなり『あやっぺじゃない？』だもんね」

「思わずコーヒー落としそうになっちゃった」

「あはは。落としちゃったことある？」

「うーん、さすがにないなあ。並べてる最中に、商品を落として、慌てて直すっていうのはしょっちゅうだけどね」

「商品多いから大変だよね」

「そうなのよー。やってもやっても終わらなくって」

貴恵はお客さんではなく、店員さんとして、そこにいた。よろしければコーヒーどうぞ、とこちらに小さな紙コップに入ったアイスコーヒーを手渡してきたあとで、まじまじとわたしを見て、あやっぺじゃない？　と訊ねてきたのだ。すぐに貴恵だと気づけず、わたしは必死になって、思い出の糸をたぐり寄せていた。結局、こっちが気づくよりも、憶えてる？　貴恵、斉藤《さいとう》貴恵、と相手が名乗ってくれるほうが早かった。

もうすぐ休憩時間になるから、どこかでお茶しようという提案を、特に断る理由もなかった。

「あ、そうだ、ごめんね、わたし、お昼ごはん食べちゃってもいい？　あやっぺはもう食べたの？」

「あ、食べちゃった。もちろんどうぞ」

完食できなかったワンタン麺を頭に浮かべつつ答える。貴恵は持っていた透明のバッグから、お弁当を取り出す。ギンガムチェックの布に包まれたそれは、自作らしいとすぐにわかる。

「お弁当、毎日作ってるの？　えらいね」

「余り物だけどね。旦那の分のついでって感じ。子どもが小学生になったから、給食になって、そっちは楽になったけど」

「え、小学生？」

わたしは驚いてしまう。貴恵は頷《うなず》き、口の中の食べ物を飲みこんで言った。

「春から小学生になったところ」

わたしたちは今年三十二歳になる。小学一年生ということは、今年七歳。二十五歳のときに産んだと考えれば、何ら不思議はないのだが、小柄な貴恵と小学生の子どもの姿がうまく結びつかない。

「子どもは男の子？　女の子？」

「男子。もう元気すぎて大変。いくら体力あっても足りないわ。あ、写真見る？」

「見る」

貴恵は透明のバッグから、今度はスマートフォンを取り出して、操作すると、こちらに手渡してきてくれた。笑顔でカメラに向かって両手でピースサインをしている、紅白帽をかぶった幼い男の子がそこに写っている。まぶしさのせいか、目が細い。

「可愛い。お父さん似なのかな」

「そうなの。赤ちゃんのときはもっとわたしに似てたんだけど、最近はパパに似てきたのよね。どんどん生意気になってくるし、困ったもんだわ」

内容に反し、どこか嬉《うれ》しそうな様子でそう言う。わたしは、立ち並んでいるうちのインド料理店でさっき買った、ラッシーを口にする。

「すごいね。家事も子育てもやって、おまけに働くなんて」

「パートだけどね。働かないと、住宅ローン払っていけないから」

「え、家も買ったの？」

驚くわたしに、貴恵は地名を告げる。ここからそう遠くないエリアだ。車で十分くらいだろうか。さらにこう続けた。

「小さい家なんだけどねー。もう、飛びこんじゃうことにしたの」

「飛びこんじゃう？」

「飛びこんだら、泳ぐしかなくなるでしょ。そういう感じ」

プールの情景を思い浮かべる。わたしが足を踏み入れてすらいないそのプールで、泳ぎつづけている貴恵。

「あやっぺは、今も東京にいるんだよね？　働いてるの？」

「働いてるよー。塾の教材を作る会社にいるの。中高生向けの」

「そうなんだ。中学のときから賢《かしこ》かったもんね」

「いやいや、別に賢くないよ。わたしが問題を作ってるわけじゃないし。作るための準備とか、連絡とか、裏方的な仕事」

「充分賢いよ。こっちには夏休みで帰ってきたの？」

わたしはお弁当を食べる貴恵に、いきさつを説明した。他の社員との兼ね合いもあって、お盆には休みが取れず、少し遅めの夏休みになってしまったこと。両親に内緒で帰省したところ、両親はおらず、こうして一人で過ごす羽目になってしまったこと。気晴らしに運転してみたはいいが、運転技術が不安になった上に、特に行きたい場所もなく、ここにたどり着いたこと。

「サプライズするつもりが、むしろサプライズされちゃったって感じだね」

笑いながら言われて、ほんとだよ、と返す。

「せっかくだったら、お父さんとお母さんのために、料理でも作っておいたら？　親孝行しちゃいなよ」

「料理かあ」

今夜の、自分の分の食事しか考えていなかったけど、旅行から帰って食事が用意されているのは、確かにだいぶありがたいかもしれない。咄嗟《とっさ》にそうしたアイディアを思いつけるのは、貴恵が娘でもあるし、母でもあるからなのだろうと思った。

作れる献立《こんだて》なんてすぐに思いつきそうにはないけど、感謝する両親の顔が浮かび、悪くないアイディアだな、と素直に感じられた。そうしようかな、とわたしは言った。

ダイニングチェアに座り、スマートフォンを手に取る。

いい匂《にお》い、と思う。今食べたばかりのキーマカリーだ。残りがフライパンの中におさまっている。野菜をみじん切りにするのが慣れず、いびつな大きさになってしまったけど、ペーストを使っているので、味は悪くない。むしろおいしいので、食べ過ぎてしまいそうになったほどだ。

夜八時半を回ったところ。まだ仕事しているかもしれない、と思いつつ、わたしは発信ボタンを押す。

着信音が三回鳴る。やっぱり仕事かな、と切ろうとしたところで、声がした。

「もしもし」

耳になじむ声だ。もしもし、と返すと、どうしたの、と柔らかい声で言われる。

電話で話すなんて、久しぶりのことだ、と気づく。直接会うか、メッセージでのやりとりが最近は主となっている。付き合いはじめた頃は、しょっちゅう電話していたことや、そのたびに彼の声が好きだと感じていたことを、一気に思い出した。

「今ってまだ会社？　話せる？」

「ううん、終わって、ちょうど出たとこ。大丈夫だよ」

後ろがなんとなく騒《さわ》がしいのは、会社から駅に向かう道にいるせいだろう。立ち止まったようだ。バッグを左手に持って、右手でスマートフォンを持っている姿を、見ていないけど、正確に思い浮かべることができる。

「あの、このあいだ話してくれたことなんだけど」

「え？　ああ、うん」

一瞬のまがあったけど、達臣は、なにを指しているのかを理解したようだった。

「お願いします。結婚してください」

自分で口にしたことなのに、離れた場所から聞いているような、不思議な感覚があった。

少し長めの沈黙のあとで、達臣は、まじで、と言った。まじで、とわたしは繰り返した。彼は語尾を上げるように、わたしは語尾を下げるように。

「酔っぱらってるわけじゃないよね？」

「酔ってないよ」

わたしは笑いながら答える。いつか、あとになって思い返したときに、ずいぶん間抜けなやりとりをしたと話すことになるだろう。

「びっくりした。ありがとう」

喜んでくれているのが、電話越しでも伝わってくる。わたしも嬉しくなる。こちらこそありがとう、と言った。

「実家にいるんだよね？　お父さんとお母さんに、代わってもらってもいい？　電話でご挨拶《あいさつ》っていうのも失礼かな。あ、もちろん、直接お会いしに行くつもりですっていうのも伝えて」

やけに焦《あせ》りはじめた様子の達臣がおかしい。わたしは、実家だけど一人なんだよね、と答えた。え、どういうこと、といぶかしがる彼に、わたしは言う。

「とりあえず、家に着いたら、また連絡もらっていい？　そのときにゆっくり話すよ」

「よくわかんないけど、わかった」

変な答えに笑う。彼も笑った。

「じゃあ、またあとでね」

「うん、またあとで」

通話を終了し、スマートフォンを、またダイニングテーブルの上に置く。チェアに背中をもたせかけ、はあ、と息をついた。ため息ではなく、やりとげたあとの呼吸みたいに。

結婚するのかあ。

やっぱり、どこか他人事みたいに思える。それでも今、目にうつっている、ダイニングテーブルとか、壁掛け時計とか、テレビとか、そうした実家の光景と、一人きりでいる気持ちを、忘れはしないだろうと思った。

笑い出したいような嬉しさと、不安感と、叫《さけ》びたいような衝動が、一気に押し寄せてくる。

仕事をして、生活ごっこをするので精いっぱいの毎日だ。わたし以上に忙しいであろう達臣の生活まで、わたしが快適なものにできるはずはないと考えると、結婚という言葉の裏にある、未知の責任が、重たいものに感じられた。

迷っている気持ちを後押ししてもらいたくて、実家にやって来たのだった。結果、後押しはしてもらえたが、それは想像していたように、父の言葉でもなければ、母の言葉でもなかった。

しばらくぶりに会う同級生の、飛びこんだら、泳ぐしかなくなるでしょ、という台詞《せりふ》。真実だ。飛びこんでしまえば、ためらってなんていられなくなる。

そして冷蔵庫の野菜室。

朝に見て、ほぼからっぽだと確認していた野菜室を再び開けたのは、午後にショッピングモールから帰ってきたときだ。買ったばかりの野菜を入れていくうちに、野菜室の中に、さらに引き出しがあると気づいた。何の気なしに中を見て、驚いた。

白いカビの生えたしょうが。芽が出てしまっているニンニク。ところどころ黒くなり、全体的にひからびた、ミイラのようになっているニンジン。

どれも今すぐに捨てたほうがいいとわかるものだった。

ずっと、この家の台所は母の場所だった。冷蔵庫を開けることはあっても、何かを取り出すために過ぎず、冷蔵庫の中身も、調味料の置き場も、把握しているのは家の中で母だけだった。

母によって、美しい状態で守られていると信じこんでいた台所には、けれど、ほころびだってあるのだ。

どちらも封が開いている中華だしも二つあったし、賞味期限が切れてしまっている豆板醤《トウバンジャン》もあった。

当たり前だけど、完璧《かんぺき》なんてないのだ。

わたしは母よりもずっとたくさん、信じられないほど、失敗をしていくだろうと思う。達臣も、意外なところで抜けていたりするので、呆《あき》れたり驚いたりする事態になるかもしれない。どう修繕していけばいいのか、わからないくらいの喧嘩《けんか》をすることだってありえなくはない。

でも、二人で飛びこめばいい。飛びこんで、もがくみたいに泳ぎつづければいい。

一人きりの実家で、わたしはそう決意し、買ってきたビールを取り出すために冷蔵庫へ向かう。また達臣から電話がかかってくるだろう。今日一日の出来事を何から話そうか、考えているわたしの口元が、自然と緩《ゆる》む。

# 安全じゃない場所

スーパーに行くためにマンションの外に出たときは、意外と涼《すず》しいな、と思っていたのに、買い物を終えて戻ってくる頃には、全身が汗ばんでいた。買いこみすぎて重くなってしまった荷物のせいかもしれない。

時刻は午後四時を過ぎたくらいだが、夏の陽はまだ高い。

アイスクリームと冷凍うどんを冷凍庫に入れる。あとは冷蔵保存するものばかりだ。扉を開けて右側に位置するドリンクホルダーにミネラルウォーターとお茶、上部に卵パックを入れる。透明のビニールにパックごと入れられたハマグリを上の段に、納豆を中央の段に、鶏もも肉と合いびき肉をチルド室に、あとは片っ端から野菜室に入れていく。1／4のキャベツ、茄子《なす》、ミョウガ、ズッキーニ、生姜《しょうが》、玉ねぎ、トマト、半分にカットされた長ネギ。

半《なか》ば無理やりに入れてしまうと、ほとんど何も入っていなかった冷蔵庫が、本来の役割を取り戻して動き出したかのように思えた。止まっていた時計の針みたいに。扉を閉めて、白い冷蔵庫を外から確認する。よし、と思う。

そうめんは袋のまま、シンク下の収納スペースに入れる。

先にハマグリを砂抜きしておくべきかもしれない、という考えが頭をよぎっていたが、それよりもシャワーを浴びたくて仕方ない。両手首にはくっきりと、二つに分けて持っていたスーパーのビニール袋の赤い跡《あと》がついている。最近、重い物を持ったときの跡が、消えにくくなったと実感する。いや、重い物を持ったときに限らない。下着を着用している跡だったり、ブレスレットをつけたときの跡だったりも。実年齢よりも下に見られることが多いが、身体《からだ》は着実に年齢を重ねている。今年三十三歳だ。

洗面所で全裸になり、服も下着も脱ぎ散らかしたまま、浴室に入る。レバーをひねって出しはじめたシャワーはすぐに、少し熱く感じるくらいの温度になる。フローラルな香り、と書かれている、黒いボトルに入ったボディーソープを、フリルが重なったような白いボール型のスポンジの上で泡立て、全身に広げていく。浴室に充満する香りは、ちょっと甘ったるいものに感じる。

耳の下くらいで斜めに切りそろえてもらっている髪も、洗ってしまおうかと一瞬迷うが、夜に改めて、シャワーではなくお風呂をわかす予定なので、そのときに洗うことにする。

腕の表面と裏側で、白さに差が出てきたと、泡を流しながら気づく。化粧下地にも日焼け止め成分が入っているため、顔はそんなに灼《や》けていないが、腕や足首など、露出している部分の日焼け対策は怠《おこた》っている。その結果が明らかにあらわれていた。

若いうちはまだいいの、でもね、ほんとに気をつけておかなきゃだめよ。日焼けは絶対にシミになるんだから。

勤務先の区役所で、わたしと同じように、契約職員として働いている五十代の女性が、このあいだお昼ごはんを食べながら、そんなことを言っていた。お昼ごはんはたいてい六名ほどで食べる。職員食堂の片隅で、女性ばかりで固まって。わたしはコンビニのおにぎりやベーカリーのサンドイッチというパターンが多いのだが、五十代の女性はきまってお弁当を持ってきている。高校生の息子がいる彼女は、毎日夫と息子と自分の分のお弁当を作っているのだ。

忠告というより呪《のろ》いみたいだったな、と、口調を思い出す。彼女によって発された、呪いのような言葉は他にもある。

夕食のおかずはね、最低でも三品は用意しないと。食事がちゃんとしてないと、人間おかしくなっちゃうんだから。

市川《いちかわ》さんも子どもを産むなら少しでも早いほうがいいわよ、ほんとに体力が追いつかなくなるもの。

わたしにだけ向けられた言葉も、他の人にだけ向けられた言葉も、わたしを含めた他人に向けられた言葉もある。どれも悪意はない。ただ年長者としてのアドバイスなのだろう。彼女にはわたしたちが、未熟な存在に映っているのに違いない。

身体にまとっていた泡を洗い流すと、浴室を出て、ビルトインの洗濯機の上に置いてあるバスタオルから一枚を取る。バスタオルは薄いピンクか白の無地のものがほとんどだが、意図的に揃《そろ》えて購入したわけではなく、気づくとそうなっていた。今身体を拭《ふ》いている白いバスタオルが、どのようにしてうちにやってきたのか、思い出せない。おそらく普通に買ったか、誰かの結婚式の引き出物か、誰かからの内祝いか。実家から持ってきたものではないと言い切れる。実家から持ってきたものは、引っ越しを繰り返すうちに、ほとんどなくなってしまった。

髪の毛先だけが軽く濡《ぬ》れているのを意識しつつも、身体にバスタオルを巻きつけ、寝室に行く。ウォークインクローゼットに置いてあるチェストから下着を身につけ、ブラジャーはしないまま、別の段に入っている黒いTシャツと深緑色のロングスカートを着る。Tシャツは中央あたりにブランドのロゴが入っていて、ロングスカートは全体に皺《しわ》加工されたものだ。どちらもシルエットがゆったりとしていて、身につけていてすごく楽なのだが、こうした積み重ねが、跡が消えにくくなる、加齢に逆らえない身体を作っているのかもしれないとも思う。

バスタオルで髪を軽く押さえた。そろそろカラーリングにも行かなくてはならないのを思い出す。前回カラーリングをしてから、二ヶ月近くが経《た》っている。担当美容師はよく笑う女性で、わたしよりも二歳か三歳年下だ。以前やっていたテレビドラマの影響で、わたしの夫のことを「夫さん」と呼ぶようになった。もっとも、夫は別の美容室に通っているため、彼女と会ったことはないのだが。

手を洗って、棚から金属製のボウルを出すと、水道水を入れ、そこに塩を足した。人差し指で味を確かめる。しょっぱい。海にはしばらく行っていない。もう水着も持っていない。最後に行ったのがいつなのか思い出せない。

今度は棚から金属製のバットを出し、さっき冷蔵庫に入れた、ハマグリのパックを取り出す。透明ビニールから取り出して、パックを破《やぶ》り、中の水を捨てて、一つずつ並べていく。全部模様が異なっているのが、当たり前なのかもしれないがおもしろい。ボウルの塩水を少しずつ入れていく。ギリギリにかぶったあたりで、バットをアルミホイルで覆《おお》う。バットはレンジの上に置く。

他の食材の下ごしらえをしようかとも思ったが、少しだけ休むことにして、数歩歩いて、キッチンとつながっているリビングのソファに腰かける。ライトグリーンのソファは布製で、全体的に変色している。結婚したときに買ったので、もう六年ほど使っている計算だ。どこかが破れたり汚れたりしているわけではないので、もったいない気もするが、そろそろ処分する準備をしなければならないのだろう。

夕食のおかずはね、最低でも三品は用意しないと。食事がちゃんとしてないと、人間おかしくなっちゃうんだから。

頭の中で、アドバイスらしき言葉が繰り返される。昨日の夜に食べたコンビニのパスタの味を思い出す。辛子明太子パスタというわりに、辛みは少なく、やたらと味が濃かった。彼女の言葉に基づくのなら、わたしはとっくに人間としておかしくなっているだろう。

チャイムが鳴ったので、玄関に向かい、確認もせずにドアを開けた。立っていたのは母だった。そういえば来ると言っていた。

「言ってくれたら、駅まで行ったのに」

「いいのいいの」

母が黒い靴を脱ぎ、中に入ってくる。紺の小花柄のワンピースを着ている。靴も服も、ずいぶん昔から見ているものだ。母はめったに自分のためのものを買わない。クッションに座ってもらい、グラスに、2ドアの冷蔵庫から取り出したペットボトルのお茶を入れる。テーブルの上に置くと、ありがとう、と母は言った。お茶には手をつけずに、きょろきょろと周囲を見渡し、言う。

「市川さんはどうしたの？」

「会社だよ。金曜日でしょう。お母さんこそ、仕事は？」

母はバス会社で経理の仕事をしている。わたしが小学生のときからずっと。

「今日は休みなのよ」

「平日なのに珍しいね」

わたしの言葉にはさして反応せず、市川さんはいつも帰り遅いの？　と訊《たず》ねてくる。言わなくてはならない、とわたしは思う。夫について、いつまでも隠し通せるものではない。

それなのにわたしの決意を揺るがすかのように、母は勢いを増して話を進める。

「市川さんはほんとにいい人よね。親切だものね。ほら、出かけて雨だったときも、自分一人が濡れて、みんなの分の傘を買ってきてくれたでしょう。それにね、背も高いし」

背、を、せい、と言うのは母の常だったと思い出すが、それよりも伝えなければいけないことがあるのだと、再び口を開きかける。けれどまたしても、母のほうが先にしゃべり出す。

「おかず、ちゃんと作ってるの？　ごはんはちゃんとしなきゃだめよ。人間おかしくなるんだからね」

ここでも同じことを言われてしまう。うん、とわたしは返事をした。我ながら、子どもみたいだ。

母のワンピースの袖《そで》には、金色の飾《かざ》りボタンがついている。ずいぶん派手だなと思う。

「あのね、実は」

ようやく切り出したが、母はわたしの言葉なんてまるで聞いていないように、そういえば、と言う。目も合っているのに。なぜ言葉が届かないのか。

「夫さんが帰ってくるまで、わたしも一緒にごはん作ろうと思うの。希《のぞみ》だけじゃ不安だから。ね」

夫さん？　母まであのドラマを見ていたのか。ドラマのことを、作り物でバカみたい、と言って毛嫌いしていたのに。わたしと弟が家を出てから、ずいぶん変わったのかもしれない。

「このボタンね、ヨーロッパのものなんですって。パリ、旅行したんでしょう？　取れちゃったときのために、代わりのボタン買ってきてもらえばよかったわ」

わたしがさっき袖を見ていたことに気づいてか、飾りボタンに触れながら言う。確かにパリは新婚旅行で一週間ほど訪れたが、ボタンは見なかった。探してあげればよかったのかもしれない。とはいえもうだいぶ前だ。

いやでも今は何よりも、言わなければ。夫のことを。夫は今日も帰っては来ないのだと。言わなければ、母はずっとここでごはんを作りながら待つことになってしまう。言わなければ。早く。

自分がソファに腰かけて肘《ひじ》をついた姿勢で、眠り込んでいたのだと気づくまでの短い時間、わたしは混乱し、一人きりの空間に違和感をおぼえた。けれどこちらが現実なのだと気づいてしまうと、さっきまで見ていた夢の矛盾点が次から次へと浮かんでくる。

夏にもかかわらず、母の着ていたワンピースが長袖のものであったこと。2ドアの冷蔵庫は、かつてわたしが一人暮らしをしていたときに使っていたもので、今キッチンにあるものとはまるで違うこと。会話がどこか噛《か》み合わなかったこと。そして何より、母はとっくに亡くなっていること。

掛け時計で時間を確認すると、眠っていたのはほんの三十分ほどのようだった。それでも、不自然な姿勢になって頭を乗せていたせいか、右腕が鈍《にぶ》く痛む。

母が亡くなったのは十年前で、当時わたしは、夫と出会ってもいなかった。市川という苗字すら知るはずがない。みんなで出かけたときに傘を買ってきてくれたエピソードも、ましてや新婚旅行先なんて。

脳梗塞《のうこうそく》だった。職場を出て、電車に乗り、駅から自宅まで歩いているときにいきなり倒れたのだ。通りすがりの人が通報してくれ、すぐに救急車で病院に運ばれたのだが、結局意識は戻らないまま、数日後に息を引き取った。

母はよく、わたしもお父さんと同じように、冬に癌《がん》で亡くなる気がする、と言っていたのに、春に脳梗塞で亡くなったので、どちらも当たらなかった。父の十三回忌が過ぎ、弟が大学を卒業して就職するのを、待っていたかのようなタイミングだった。

葬儀を終えて、実家の片づけをしている中で、ようやく泣いた。息を引き取った瞬間の病室でも、通夜でも、葬式でも、涙は滲《にじ》んでいたのだが、思いきり泣けたのはそのときが初めてだった。靴箱の整理をしているときだった。もう二度と母が靴を履くことはないのだと思うと、一気に涙が溢《あふ》れたので、自分でもびっくりした。居間の片づけをしていた弟も、わたしが泣いている声とは思わずに、わざわざ様子を見に来たくらいだった。

弟とは、幼い頃から気が合わず、あまり仲が良くなかった。一つしか離れていなかったから、かえって競争意識めいたものが生まれてしまったのかもしれない。お互いに、相手のほうが母に可愛がられている気がしていたし、それが大きな不満だった。今も連絡することはほとんどなく、弟家族がどのあたりに住んでいるのかも知らない。甥《おい》っ子には生まれたばかりの頃に一度だけ会った。名前は憶えているが、漢字はわからない。

やけに喉《のど》が渇《かわ》いていて、わたしはソファから立ち上がる。さっき夢の中で母にそうしたように、棚からグラスを取り出し、冷蔵庫から出したペットボトルのお茶を注《そそ》ぐ。立ったままで一気に飲むと、またペットボトルからお茶を注ぐ動作を繰り返した。グラスを持ってソファに戻ろうとしたときに、レンジの上のバットが視界に入る。

奇妙な夢は七夕のせいだ、とそのとき気づく。もっと細かく言うならば、七夕にそうめんやらハマグリやらを買いこんだ、自分の気まぐれのせいだ。

母は行事の食事を大切にする人だった。クリスマスにはローストチキンとケーキが用意されたし、お正月のおせちは三人暮らしにしてはいささか豪華だった。わたしも弟もおせちをあまり好まず、ほとんどは傷《いた》んで捨ててしまうのが毎年の恒例のようになっていたのに、おせちを用意する習慣を母は最後まで捨てなかった。

節分の豆は歳の数だけ食べたし、こどもの日にはきまって柏餅《かしわもち》がおやつだった。七夕の前日くらいに、どこかから手に入れてきた小さな笹飾りを持って帰ってくる母は、わたしにも弟にも短冊《たんざく》を書かせた。さらには自分でも書いていた。わたしたち姉弟の願い事は毎年変わるけれど、母の短冊に書かれる言葉はきまって、家内安全、の四文字だった。母のものは思い出せるのに、自分が書いた十数枚ほどの短冊の願い事は、ほとんど思い出せない。中学生くらいになってからは、めんどくさい、と思っていたが、なぜか口にすることができなかった。もっと乱暴でひどい言葉をぶつけることはあったのに。

短冊は、わたしが家を出るまで続いたから、おそらく、わたしが家を出て、弟と二人きりになった年にもやっていたはずだ。

そして七夕の夜には、そうめんを食べた。ミョウガやおろし生姜やネギや大根おろしなど、薬味だけでもいくつもあった。さらには素揚げした茄子や、ざく切りのトマト。そうめん以外にも、ハンバーグとか唐揚げなどの肉類のおかず、ポテトサラダ、汁物、というのが定番だった。あまりに毎年のことで、てっきり他の家も同じようなものだと思いこんでいたから、必ずしもそうではないと知ったときの衝撃は小さくないものだった。

　過去の食卓を思い浮かべながら、わたしは自分が、ある勘違いをしていたと気づく。ハマグリのお吸い物があると思っていたが、あれは七夕ではなく、ひな祭りだった。ひな祭りにちらし寿司と一緒に口にしていたのだ。

　間抜けな勘違いに、思わず笑いがこぼれるが、一人きりの空間では笑いはさほど持続しない。レンジの上のバットを見つめながら、別に食べちゃダメってわけでもないし、と思う。


　つけているテレビから、笑い声がこぼれている。レモン汁で洋服についたシミが落ちるという情報に、出演者の一人が何か言って、それに反応しての何人もの笑いだったが、とりたてておもしろいわけではなかった。けれど無音よりずっとましだった。テレビに背中を向けるようにして、コンロにかけた鍋《なべ》に向かっている。湯はそろそろ沸騰《ふっとう》しはじめている。

　奥のコンロにかけている、蓋《ふた》をしたフライパンの中には、ハマグリとにんにくが入っている。お吸い物にするよりも、バターで炒《いた》めてしまったほうが楽だと思ったのだ。

蓋の透明になっている部分越しに、口を開いているハマグリがいくつも確認できる。火は極弱火にしている。

鍋の中の湯が、完全に沸騰したのを確認して、そうめんを投入する。紙で巻かれて、小分けにされていた二束分だ。白く細い麺《めん》が、湯の中で一気にしなっていく様子を眺《なが》めてから、一本をとって食べてみると、早くも柔らかくなっているようだったので、火を消して、シンクに用意していたザルに、一気に鍋の中身を入れる。湯が流れていく。蛇口をひねって流れる水と、冷凍庫から取り出した氷で、麺を冷やす。氷は麺の熱によってすぐに小さくなり、姿を消していく。

ザルを何度か上下して水切りし、一回り大きいボウルに入れて、テーブルへと運ぶ。奥のコンロの火も消し、わずかに深さのある青い皿に、フライパンの中身を移す。バターと貝の匂《にお》いが混じりあっている。

青い皿と、麺つゆを入れたお椀《わん》をテーブルに持っていく。麺つゆの中には、みじん切りにしたネギと細かく刻んだミョウガが入っている。

「いただきます」

小さくつぶやいた。テレビの中からまた、笑い声がこぼれる。今度は理由を聴き逃《のが》したけれど、悔《くや》しいとは思わなかった。

　ザルの中のそうめんを数本とって、麺つゆにひたし、口に入れる。おいしいというよりも、懐かしいという感想が先に浮かんだ。久しぶりのそうめんだった。

　続いてハマグリも口にする。塩コショウをだいぶ控《ひか》えめにしたのだが、ちょうどいい味つけになっていた。それでもやっぱり、おいしい、と強くは思えなかった。昨日の夜に食べたコンビニのパスタと、何も変わらない気すらした。

　かつての七夕の食卓とは、似ても似つかない。茄子の素揚げもざく切りのトマトも、スーパーで食材を選んでいるときには準備する気でいたのに、いざ作る段になると、面倒さが勝ってしまった。ネギとミョウガを入れるのがやっとだった。

　顔を動かし、壁に設置されている、インターホンのモニターを見る。真っ黒な画面。エントランスで部屋番号を鳴らす人がいれば、姿が表示されるようになっているのだが、最後に作動したのはいつだっただろう。そういえば夢の中ですら、モニターを使っていなかった。直接ドアに向かっていた。まずはエントランスを通らなければ、ここにやってくることはできないのに。

　次の引っ越し先に、こうしたモニターはないだろう。モニターだけじゃない。ビルトインの洗濯機も。ウォークインクローゼットも。どれも夫の収入があってこそ成り立っていたものだ。

この部屋の家賃は、一ヶ月ほど前に出ていった夫の口座から引き落とされている。夫の稼《かせ》ぎはけっして低くないが、それでも家賃が負担になっているのは明確だ。自分に非があるから切り出せないだけで、彼がわたしの引っ越しを望んでいるのもわかっている。

わたしは引っ越し先だけではなく、就職先も探さなければいけない。現状の週四日勤務の契約社員の給料では、ここの家賃を払うのも苦しい。貯金はわずかにあるし、夫の性格上、ある程度まとまった額の慰謝料も支払ってくれるだろうとは思うが、支出が収入を上回るのは恐ろしい。自分の年齢と職歴をふまえると、暗闇《くらやみ》が広がり、足元が落ち着かないような気持ちになる。

好きな人がいる、と夫は言った。好きな人、という言葉が、やけに子どもじみたものに響いて、夫とは不釣り合いだった。彼は今、好きな人、の部屋で暮らしているはずだ。どんな人なのか、どんな部屋なのか、もちろんわたしは知らないが、知りたい気持ちも少しだけある。ただ、知ったときに、自分が平静さを保っていられるのかはわからない。

　夫はおそらく、すぐにでも、わたしの夫じゃなくなりたいと思っている。わたしだって受け入れなければならない。

　茹《ゆ》でるのは一束でよかったかもしれない、と、ザルの中のそうめんを見つめながら思う。ハマグリの炒め物も、半分以上残っている。

　この部屋で夫とそうめんを食べたことくらい、もちろんあるはずだけれど、とりたてて記憶はない。母と違って、行事の食事を大切にしようという気持ちは、わたしの中には生まれていなかった。夫が夕食を会社でとってくるということも多かったので、料理はあまり熱心にはしていなかった。お弁当を作っていた時期もあるが、昼は外で食うことも多いから、と夫に言われ、長続きはしなかった。

　たとえばわたしが母のように、毎年七夕には、そうめんやたくさんの薬味や具材を用意し、さらにはおかずも何品も作るような存在だったのなら、夫は、好きな人、など作らなかったのだろうか。

　自分の思いつきを、いやそんなはずはない、と即座に否定する自分がいる。別に夫は、うちでの食事に不満を持っていたわけではないのだから。

けれど一方では、もしかしたら、とも思う。毎年笹飾りを用意し、母のように、家内安全、を短冊に書いていたのなら、今日も夫は終電までに仕事を終えて帰ってきて、会社で起きた些細《ささい》な出来事を、わたしに報告したのかもしれない、とも。

選べなかった道を想像しつづける自分は、とっくにおかしくなっているのかもしれないと思う。彼女の言っていたとおりだ。だからといって、これから毎日、おかずを三品以上にしたなら、この苦しみが消え去ってくれるとは、とうてい思えない。

それでも、時間の流れの中で苦しみが薄れていくであろうことも、今までの経験上、なんとなく知っている。

意識のある母に最後に会ったのは、倒れる二週間ほど前のことで、近所の人に大量にもらったというハチミツを受け取りに、実家に行ったときだった。居間でお茶を飲み、わたしは当時勤めていた会社の話などをした。帰り際に玄関先で、気をつけてね、仕事頑張りなさいね、と母に言われたのを記憶している。

靴箱を整理しながら流した大量の涙を、同じように流すことは、もうできない。夫との記憶も、これからの日々の中で、変形し、多くは消えていくのだろう。既《すで》にそうなっているかもしれない。夫が家を出たときに着ていたシャツが水色だったことも、いつか忘れてしまう。忘却の現象は悲しい。寂《さび》しい。そして優しい。

箸《はし》でつまんだそうめんを、麵つゆの中で泳がせる。母が見たなら、食べ物で遊ぶんじゃないの、と怒るに違いなかった。夫が見たなら、何やってるの、と呆《あき》れるに違いなかった。わたしは一人きりなので、誰にも何も言われなかった。ただテレビの中で会ったことのない誰かが何かを話しつづけている。

# エアポケット

袴《はかま》だけは、みんなと一緒に見に行ったのだった。

五号館の二階にあるうち、もっとも広い教室が、数日ほどレンタル業者によって貸し切られていた。学部ごとに日にちが決まっていたので、同じ文学部の仲の良い子たちと予定を合わせ、四人で行った。

入るなり、自分の母親と同じくらいか、それより少し若いくらいのおばさんたちが、はい、こんにちはー、とわたしたちに近づいてきて、どのタイプをレンタルするのか訊《たず》ねてきた。袴だけなのか、着物もともになのか。着物は二尺袖《にしゃくそで》と中振袖《ちゅうふりそで》のいずれにするのか。二尺袖も中振袖も初めて耳にする単語だった。

口を挟めそうにない、よどみなく流れる言葉が途切れたとき、ようやく言った。

「あの、わたしは見学で」

「見学？」

心底不思議そうに言われて、まるで悪いことをしているかのような気分になった。経験はないけど、万引きをして、それを問われているみたいな。

「卒業しないんで」

しないではなく、できないだな、と言った瞬間に気づいた。

「ああ、四年生じゃないのね。ごめんなさいね。じゃあそのあたりで見ててね」

おばさんの勘違いを訂正する気にはなれず、手のひらで指し示された、壁の近くへとそのまま行った。同行の友人たちと目が合ったが、わたしは、気にしないで、という意味をこめて頷《うなず》いた。彼女たちはまた、それぞれの近くにいるおばさんの説明を聞きはじめた。

ハンガーラックにぎっしりとかけられている、袴や、さっき名前を知ったばかりの、二尺袖、中振袖、を見る。着物に花や鶴などといった、いかにもめでたそうな柄が入っているのに比べると、袴は無地ばかりだ。それでも中にはグラデーションになっているものなんかがあり、綺麗《きれい》だな、と思った。

地元での成人式では、振袖を着た。別に着なくてもいいと思っていたのだが、いざレンタルに出かけてみて、実際に袖を通してみると、高揚感に包まれた。袴は着たことがない。漠然とした憧《あこが》れだけは持っていた。高校時代、好きだった先輩が弓道部に所属していたからだ。学ラン姿も好きだったけど、放課後に時おり、偶然を装って弓道場の近くに行き、袴姿の先輩を見つけては、その凛《りん》とした雰囲気に息をのんでいた。同じような袴姿の女子生徒たちが、先輩と親しげに話している様子に、嫉妬《しっと》という感情を強く意識したこともある。目の前にある袴たちは、無地であっても華やかなので、あの頃たくさん目にしていたシンプルなものとは違う。それでも自分の積み重ねてきた大学生活を後悔させるのに充分なだけの力がある。

卒業しないんで。

さっき自分で口にした言葉は、とっくに空気の中に溶けこんだはずなのに、身体《からだ》に残っているような感覚がある。しなくってもできなくっても、どっちでも同じだ。袴を着ないわたしと、着る友人たち。

白い布で仕切られている試着スペースから、一人の女の子が、おばさんと一緒に出てくる。名前は知らないけど、なんとなく見覚えのある顔だ。学年も学部も同じなのだから、取っていた授業が重なっていたとしても不思議じゃないし、何度となく敷地内ですれ違っていたりもするだろう。

茶色地に白い花があしらわれた着物（袖が長いから中振袖だろう）に、薄桃色の袴を合わせている。お似合いだわー、と隣でおばさんが言葉をかけていて、彼女はそれを聞いているのかいないのか、無言のままで、鏡の中に映る自分を確かめている。

おそらく彼女も、袴を身につけるのは生まれてはじめてだろう。袴の上からは、さし色としての意味合いもあるのか、帯の金色がほんの少しだけ見え隠れしている。

「すごく似合ってていいと思うけど、一応こっちのも合わせてみます？　黄色っぽいのもね」

「はい、お願いします」

彼女は頷き、またおばさんと共に試着スペースへと戻っていく。白い布が閉められる。机と椅子《いす》がないというだけで、普段の教室が、まるで違う空間となっていることに、今さら気づく。

友人たちは、それぞれに袴を選びはじめているようだ。いつも女の子らしいものを好む友人が、淡いピンクの二尺袖を手に取っているのを見て、好みが一貫しているなあ、と思う。

自分だったら何を選んだだろうか、と考えながら、改めてラックにかけられている着物や袴に目をやる。

視線だけを何度も行ったり来たりさせているうちに、目に留まったのは、鮮やかな赤の着物だった。たもと部分には白っぽいグラデーションが入っていて、たくさんの桜がちりばめられるかのように配置されている。

高校時代に見ていた白と黒の組み合わせも素敵だったけど、あれは卒業式には似つかわしくない。せっかくの特別な場なら、普段着ない色がいい。あそこまで鮮やかな赤の服は持っていないし、持っていた憶《おぼ》えもない。

合わせるなら何がいいだろう、と、今度は袴がかけられているハンガーラックに目をやる。こっちはすぐに決まった。うぐいす色というのだろうか。くすんだような薄い緑。

脳内で合わせてみて、派手すぎる組み合わせだろうか、と思ってから、それよりこれじゃあクリスマスカラーだな、と気づく。赤と緑。

わたしが卒業予定の九月は、三月よりはずっとクリスマスに近いけど、それでも似つかわしくない。さっきまで楽しかった想像が、途端に無意味な、色あせたものに感じられ、恥ずかしさすら憶えてしまう。

友人たちを含めた、目の前で楽しげに袴を選ぶ女の子たちが、いきなり遠い存在に思えてくる。取り残したいくつかの単位は、彼女たちとわたしを、明確に隔《へだ》てている。

多くの友人たちや、そして本来ならば自分もそこで卒業するはずだった卒業式にはもちろん、終わったあとの飲み会にも参加しなかった。

美也《みや》も来ればいいじゃない。

美也も来なよー。

卒業できなくても、飲み会は来たら?

誘ってくれる友人たちの言葉に噓《うそ》はないと思ったし、わたしの参加を望んでくれているとも感じていたけど、やっぱり行く気にはなれなかった。おめでとうという言葉の飛び交う中に、めでたくない自分の存在は、どう想像してもそぐわなかった。

卒業式は木曜日だった。水曜日のうちに、スーパーやコンビニで食べ物と飲み物を買いだめしておいて、木曜日は一歩も外に出ないで済むようにした。燃えるゴミの日だったので、それだけはわざわざ朝四時半に起きて捨てに行った。あとは一歩も出なかった。

大学からわたしの部屋までは、電車で三駅。普通に過ごしていたって、そうそう卒業生とすれ違うものではないだろうとも思ったが、もし仮に、袴姿の女の子を見かけたりでもしたら、泣いてしまう気がした。

スマートフォンを消音にし、事前に借りておいたDVDを観て過ごした。三本立て続けに観たところで、すっかり疲れてしまい、眠って起きると、夜になっていた。飲み会の時間だと気づき、スマートフォンを確認しようかと思いかけたが、我慢して、また残りのDVDを再生した。セリフやストーリーは、ちっとも頭に入ってこなかった。ラブストーリーだ。高校時代は恋愛ものが好きで、映画でも小説でも、そればかり選んでいた。

高校時代の思い出がよぎる。その中には、弓道部の先輩の姿も。卒業にまつわることを考えないようにしていたけど、袴についてだけは、確認したい気がした。

友人たちがどういう色の袴をレンタルするのか、あの日、わたしは見届けていた。楽しげに選ぶ彼女たちを、壁際からただ見つめていたのだ。

みんなそれぞれに、可愛らしく、そして似合うものを選んでいるようだった。和服だと、普段の洋服とは、まるで違う組み合わせができるのがおもしろいなと感じた。ずいぶん派手なものであっても、なぜかしっくりと馴染《なじ》んだりする。

レンタルを済ませた友人たちと、見ていただけのわたしで、終わってから食事を一緒にとった。話題は卒業についてが主で、わたしは普段より多く頷いたりしていた。あのとき、卒業式の写真送ってね、と彼女たちにお願いしていた。みんな、送るよ、と言ってくれた。

音を消したスマートフォンに、写真は届いているのかを確かめたくなるが、実際に確かめはしない。想像の中で、美しく微笑《ほほえ》んでいるみんな。

飲み会は学部全体の大規模なものなので、二年生のときに少しだけ付き合っていた、別の学科の彼も参加しているはずだ。

彼とはもうほとんど連絡を取っておらず、当然留年の事実も伝えていない。わたしの不在に気づくだろうか。あるいは誰かから、美也は留年しちゃって、と知らされるだろうか。だとすればそのとき、どう思うだろう。やっぱりな、なのか、まさか、なのか。どちらもありえる気がしたし、どちらでもないような気もした。

すっかり忘れていた、奥底に封印したはずの彼との思い出までがむやみやたらと湧《わ》きあがってきそうになるのを感じ、わたしは慌てて、テレビ画面に集中する。画面の中では、一人の男が女に、つまらないジョークまじりに自分の恋心を伝えている。

着られなかった袴を思い、わたしは首を左右に軽く振った。

「秋山《あきやま》ちゃん、ごめん、これコピーお願いできる？　十部ね」

「はい」

この部内でわたしのことを、秋山ちゃん、と呼ぶのは副編集長の三浦《みうら》さんだけだ。他はみんな、秋山さん、と呼ぶ。

最初はコピーをするたびに、ＯＬみたいだなあ、と呑気《のんき》に思っていたが、もう何百部、ひょっとすると何千部のコピーをするうちに、日常の動作になっている。かかってきた電話に応対するとか、先生にメールを出すとか、最初はいちいち緊張していたものが、どんどん特別じゃなくなっていく。まずは身体が慣れていくのかもしれない。わたしの指や手は既《すで》に、会社のパソコンのキーボードの感触や、コピー機のボタンの感触や、デスクに置かれた電話機の感触を知っている。

文字がズレたりかすれたりしていないことを確かめ、コピーしたものを三浦さんのところへ持っていく。中身をしっかり読んだわけではないが、どうやら会議で使うもののようだ。

会社は会議ばかりやっている。たかだか二十人ほどの会社だというのに、上層部だけのものや、編集部全体のものをはじめ、週に何度となく、さまざまな組み合わせで会議は行われる。そのうち、くじ引きで作った組み合わせの会議でも開かれるのではないかと思ってしまう。

はっきりいって無駄だと思うし、多くの人が同じように思っているだろうというのも伝わるのだが、それでも会議をなくそうという流れにはならないので、組織とはそういうものなのかもしれないと考えるようになってきた。

とはいえわたしにはまだ、この会社の一部になっているという意識が薄い。今までやってきたバイトとの違いをさほど見いだせていない。水曜日の午前と金曜日の午前だけ、大学で授業を受けていたせいかもしれないとも思っていたが、先々週でそれがなくなったにもかかわらず、意識はそんなに変わらない。

「コピーできました」

三浦さんの斜め後ろから、紙を差し出す。お、ありがと、と声をかけられ、席に戻ろうとすると、そういえば、と三浦さんは椅子を回して、わたしと向き合う形になった。眼鏡の奥の目が、こちらを捉《とら》え、ちょっと緊張する。

「もう授業は終わったんだっけ？」

「終わりました」

取っていた四つの授業はどれも、最後のレポート提出やテストを済ませた。八単位分。

「単位とれたんだよな？」

「……はい、多分」

言い切れないのが我ながらもどかしいが、どの授業の担当教授にも、わたしが留年していることや、就職していることを伝えてある。ほとんど休まずに出席しているので、よっぽどのひどい成績でなければ、単位はもらえるはずだ。

成績発表は今から約一ヶ月後の八月十五日だ。ホームページでログインして確認することになっている。

「なんか不安になる返事だなあ」

三浦さんは笑って言い、また椅子ごと身を戻した。わたしはその背中に向かい、小さく頭を下げて、自分の席へと戻る。

パソコンで、依頼していたエッセイの文章チェックをしていく。専門的なもの以外は、外部に別途校正を頼むのではなく、編集部内でチェックすることになっている。今回依頼したのは、以前も寄稿してくれていた年配の舞台女優の方で、自身と夫の闘病生活について書かれている。

薬剤師向けの雑誌があると知ったのは、去年、就職活動を始めてからだ。知らなかったというよりも、考えもしていなかったというのが正しいかもしれない。もちろん人生で触れたり、目にしたりしたこともなかった。ましてやそれを作るなんて。

小さい頃から本を読むのが好きだったので、本に携《たずさ》わる仕事ができたらと考えていた。多くの人が名前を知っている出版社を片っ端から受けていった。

簡単に受かるとは思っていなかったが、簡単に落ちつづけた。《今後益々《ますます》のご健勝をお祈り》されることに疲れつつも、とにかく雇ってもらえるところを探すほかなかった。

そのときはまだ、四年で卒業できるかもしれないと信じていたのだ。どこかに採用されるよりは、スムーズに卒業できる可能性のほうが高いと思いこんでいた。

結局、内定の連絡からまもなくして、留年が決まった。内定を取り消されると思って、意を決して電話をしたら、あっさりと、じゃあ大学に通いながら働いてもらう形で、と言われた。いいんですか、と何度も訊《き》き返してしまったくらいだ。かなり人手不足だったのだと、働き出してから察した。結果としてはありがたかったのだが。

にしても編集部内は、エアコンが強すぎる気がする。スーツ姿の男の人に合わせているのかもしれない。薄いスカートの上から膝《ひざ》をさすりながら、膝掛けを持ってこなくては、と思う。

留年が決まったとき、実家の親からは、説教の言葉より先に、どうして、と言われた（説教はそのあとに続いたのだが）。説明できるほどの明確な理由はなかった。たとえば大恋愛とか、大失恋とか、誰もが一緒に悲しんでくれるようなショックな事態とか、学校を犠牲にしてまで追いかけたい夢とか、いじめとか、少しでも第三者が納得できるような要素はまるでなかった。

ただ怠惰《たいだ》があった。

休もうと決めるのではなく、気づけば休んでしまうという日常が続いていた。朝きちんと起きられなかったり、天気が悪いから外に出るのがおっくうだったり、ささやかなものの積み重ねで、徐々にほころんでいった。

だらしなさが次のだらしなさにつながっていき、わたしの生活はいつのまにか、それに支配されていた。

そのうちにシーツを取り替えようと思っているベッドに横たわりながら、スマートフォンでパズルゲームをしているとき、ふと、自分は何をやっているのだろう、と恐ろしくなった。

今日、自分が何一つ生産的なことをしていないという恐ろしい事実から、目をそむけるために、またパズルゲームをしたり、可愛らしい動物の動画を再生したりした。

何も考えなければ、わたしは幸福だった。快適な部屋で、傷ついたり、苦しんだりすることはなかった。だから何も考えないようにした。

それでも週に何度か、夕方になるとバイトに出かけた。バイト先であるカフェバーで働いているあいだもまた、大学に行っていない後ろめたさを、少しだけごまかせた。

快適な部屋の中で、時々、エアポケットについて考えた。かつて家族旅行で、飛行機に乗っているとき、いきなり激しく揺れて、おびえるわたしに父親が言ったのだ。

「エアポケットだ、そのうち戻るよ」

小学生だったわたしに、その言葉の意味はよくわからなかった。ただ響きだけは頭に残っていた。

ここはエアポケットだ、と思うと、気持ちは軽くなった。

自分の甘えだと認めずに、まだ気流が安定していないだけだ、と、見えない大きなもののせいにした。自分自身が変わる必要性よりも、いつか時間だったり、環境だったり、外的要因が変えてくれる未来に懸けた。

そのうち戻る、そのうち戻る、と根拠のない暗示を繰り返すうちに、時間だけはいつだって平等に流れた。わたしは大学四年生になり、どう頑張ったところで、卒業要件単位を満たすことはできないという事実が目の前に差し出された。

でも本当はもちろん、差し出されたのではなく、わたしがそこに向かって歩きつづけていたのだ。進路を変えればよかっただけなのに、あえてそうせずに。

卒業が遅れた半年分の学費は出さない、ときっぱりと親に宣言された。まとめて出せるほどの貯金なんてなかったので、親に借り、毎月の給料から少しずつ支払っている。給料日にATMを操作して、親の口座にお金を振り込みながら思う。多額のお金を支払ってまで、わたしがいようとしていた場所とは、なんだったのだろう、と。

学生課に入るのは、初めてではなかったが、前がいつなのか思い出せないくらい久しぶりだった。

学生課を出て、受け取ったばかりの卒業証明書をクリアファイルにしまいこみ、バッグに戻し、ファスナーを閉める。

出社は午後からの予定なので、途中でお昼ごはんをとるにしても、まだ時間がある。少しだけキャンパスを歩こうと決める。

「あら、前期卒業だったんですね。おめでとうございます」

卒業証明書を見ながら、学生課の女性は、わたしにそう言った。予想外の言葉だったので、ありがとうございます、という返事は、もごもごと慌てたものになった。

九月になったけど、まだ大学自体は夏休み期間中なので、学生課で働いている人も少ないようだったし、こうして歩いていても、学生らしき子にほとんど会わない。

もうここにはしばらく来ない。ひょっとすると二度と。

考えてみても、なんだか現実感がない。全然来なかったくせに、いざ卒業となると、妙な感慨が湧いてくる。

置いてあるベンチに腰かけようとして、やめる。同じ学科の女友だちと、よくここで待ち合わせて、一緒にお昼ごはんを食べるために学食に行った。たいていはパスタメニューが豊富な「リーブ」という食堂だったけど、時々は、歴史が古い第二学食にも行った。第二学食というわりに、第一学食は存在せず、そのことについてよくみんなで言い合った。

四年半のほとんどを、一人暮らしの部屋で過ごしていたはずなのに、それでもキャンパスのいたるところに、思い出を再生させる風景があることに戸惑ってしまう。移動のために走った道。すぐにやめてしまった英語サークルの部室。

一瞬といっては大げさだけど、あっというまに過ぎ去ってしまった気がする。他の人よりも長くいたくせに。

初めてここにやって来たのは入試のときで、緊張のせいかまったく憶えていない。入学式やそのためのガイダンスで通った記憶はおぼろげだけど残っている。

これから起こるかもしれない出来事を思っては、いくらでも胸を膨《ふく》らませられた。

まだ十代で、自分がいつか二十代になるのも、卒業して働くのも、理屈ではわかっていたけど、実感めいたものはまるでなかった。本当にはわかっていなかったのだ。

まだ陽射しは強く、秋というよりも夏まっただ中のように感じられる。数ヶ月前にピンク色の花を咲き誇らせていたのなんて勘違いかのように、並木の桜はどれも、葉っぱを少し残しているだけとなっている。

桜のない卒業。

せっかくだからお昼ごはんは、近くのカフェで食べようと決める。この駅に足を運ぶのも、めったになくなるだろうから。カフェの名物でもあるフレンチトーストを食べておくか、わりと気にいっていたドリアにするかで悩んでしまう。

みんなといたら、違うメニューにして分け合えるのにな、と一瞬思ってみる。かといってこうして九月の平日に一人きりでキャンパスにいるのを、別に寂《さび》しくは感じない。むしろどこか晴れやかな気持ちだ。

昨日は卒業式だった、と思いながら、地下鉄に乗って会社までやってきた。当日だった昨日には、ほとんど思い出さなかったというのに。

大学の卒業式というのが年に二度あるのを、数ヶ月前までは知らなかった。三月と九月。後者は三月に卒業できず、前期終了時に卒業を迎える人たちのためのものらしい。つまりわたしのような。

「おはようございます」

「おはよう」

編集部には先輩である笹井《ささい》さんがいるだけだった。出社時刻は一応九時となっているのだが、時間どおりに来る人は少ない。お昼近くなってから、ようやくみんなが揃《そろ》う感じだ。全員参加の、朝イチの編集会議があるときは別だけど。

パソコンを起動し、メールをチェックする。返事が必要なものは一通。さっそく打ち、送信した。先週、校了を終えたばかりなので、今日はそこまで忙しくならないだろう。

式には出なかった。仕事があったからだけど、たとえ働いていなくても、やっぱり出なかっただろう。知らない人に囲まれて、学長の言葉を聞いたり、卒業証書を受け取ったりするのを、やりたいとは思えなかった。

デスクの下、足元に置いてある紙袋から、大きめのストールを取り出す。真夏ほどではないが、いまだにエアコンが作動しているため、編集部は冷えている。スカートの上から、広げたストールを掛けた。

完全に卒業したからといって、何かが大きく変わったというわけではないけど、平日は毎日出勤するようになって、会社員としての実感は育ってきたような気がしている。今まで先輩がやっていた部分を任せてもらったり、自分で提案した企画によって、小さいけどページが埋まったり、そういうものの一つ一つが、新鮮な驚きや嬉《うれ》しさに溢《あふ》れている。

「おはよう」

ドアのところから声がしたので、パソコンに向けていた顔をあげると、三浦さんが立っていた。

「おはようございます」

「おはようございます、早いですね」

口にしたのは笹井さんだけど、わたしも同じことを思っていた。三浦さんの出社は、たいていお昼近い。

「ちょっと一件、打ち合わせで薬局に寄ってきたんだよ。仕事が始まる前に来てくれってことだったからさあ。あ、お菓子もらったから食べる？　よかったら秋山ちゃんも」

立って受け取りにいこうと思ったのだが、それよりも早く、三浦さんがわたしのデスクに近づいてきて、持っていた紙袋から、もらったというお菓子を取り出す。一つずつ小分けになって包まれているそれは、どうやらおまんじゅうのようだ。ありがとうございます、と立ち上がってお礼を言うと、三浦さんが、いいね、クリスマスカラーだね、と言う。

「え？」

何のことかわからず、視線の先をたどり、気づく。今日穿《は》いているモスグリーンのスカートと、手で押さえている赤いタータンチェックのストール。

「気づいてなかったけど、ほんとですね」

わたしが言うと、三浦さんは、なんだか得意げに、季節の先取りだな、とさらに言い、笹井さんのところにお菓子を持っていく。三浦さんこそサンタクロースみたいですね、と言おうか迷ったけど、わざわざ引きとめてまで伝えたいわけではなかったので、そのまま座る。

クリスマスカラー。

改めて自分の膝あたりを見て、不意に、ある記憶がよみがえる。赤と緑の組み合わせ。自分ならこれを着る、と思った、五号館の中の袴だらけのスペース。

あのときは確か、もっと鮮やかな赤だったし、もっと薄い緑だったから、今身につけているものとはまるで似ていない。そもそも洋服とストールだし。

それでもこれが、わたしにとっての卒業の服なのかもしれない。もう二度と行かないかもしれない五号館を思い、写真データで送ってもらった友人たちの袴姿を思い、このあいだ会社に提出した卒業証明書を思った。エアポケットを抜け出して、わたしはここで働いていく。

# 赤いプレゼント

部屋の中でなくしたのだろうと思っていた運転免許証を、コンビニのコピー機に置き忘れたのだと思い当たったのは、携帯電話会社からのハガキがきっかけだった。

おかしいと思ったのだ。携帯電話会社は、わたしが契約しているところとは別の会社だったから。それでも表面に記載された宛名《あてな》はまぎれもなくわたしの住所だったし、わたしの名前だった。

内容を確認した瞬間、部屋で一人だったにもかかわらず、声が出た。

「なにこれ」

自分でも情けない声だとわかった。ただ、何かを口にすることで、襲いかかってくる混乱をなんとか和らげようとしていた、無意識のうちに。

内容としては、次回請求金額がかなり高額になるため、あらかじめ事前の通知をするというものだった。請求金額は、二十万円を超えていた。もちろん使った憶《おぼ》えはない。そもそもこの会社の携帯電話を持ってすらいないのだ。

とにかく落ち着かなければと思い、いつも会社から帰ったときにやっているのと同じように、荷物を置き、ジャケットをハンガーに掛け、部屋をあたためるためにエアコンをつけ、浴室の洗面台でメイクを落とした。そのうえで改めてハガキを確認した。当然だが、宛名も内容も金額も、さっき見たものと、何も変わっていなかった。

どういうこと。

今度は口に出さずに、心の中でつぶやいた。全身から力が抜けていく感覚がある。架空請求というのは聞いたことがある。サイトの利用代金とか。実際にメールを受け取ったこともある。そのときは無視していいと知っていたし、無視をした。ただ、今回のハガキは、明らかにちゃんとした、携帯電話会社からのものだ。こんなに手のこんだ架空請求はないだろう。

つまり誰かが、わたしの住所と名前を使って、携帯電話を手に入れ、使用したということなのだ。そんなことをしそうな人はまったく思い浮かばない。

だいたい、携帯電話を作るには、身分を証明するものが必要なはずだ。パスポートとか、運転免許証とか。

そう考えて、わたしはハッとした。運転免許証！

さっき置いたバッグの中から、財布を取り出した。落ち着いた赤の長財布は、もう数年使っているので、四隅がすり切れたようになっている。

切りこみ部分に差しこんでいるカードを、すべてテーブルの上に広げる。クレジットカード、保険証、ポイントカード。ない。やっぱりない。でも無理もなかった。だって何度となく確認したのだ。

やっぱり、コンビニのコピー機に置き忘れていたということなのだろうか。それを誰かが拾い、携帯電話を新たに作った。確かに辻褄《つじつま》は合うけれど、もし事実だとしたら、最寄りのコンビニに来るような人の中に、そんな悪意を持っている人がいるということとイコールだ。恐ろしさを感じた。

ひとまず、確認に行くのが先決かもしれない。電車の中では感じていた食欲も、混乱の中で遠ざかっていたけれど、食べ物を手に入れようと思った。

ハンガーに掛けたジャケットを再び着て、財布と鍵《かぎ》だけを持って外に出る。エレベーターがやってくる時間が、やけに長く感じられてしまう。

ありますように、と思いながら、マンションを出て、三軒隣のコンビニに入る。いらっしゃいませー、とまるでやる気のない声をかけられる。

野菜スープと、ツナマヨのおにぎりを選び、レジまで持っていく。スープをレンジで温めてもらうあいだに訊《たず》ねた。

「あの、忘れ物で、免許証って届いてないですか?」

「免許証」

意外な言葉だったのか、男性店員がそう繰り返した。大学生くらいだろうか。

「コピー機で忘れたかもしれなくて」

「いつごろですか?」

「えっと、三ヶ月くらい前かと」

「三ヶ月」

また繰り返されてしまう。自分でも長すぎると思うので、気まずい。すみません、と早口に言った。

「少々お待ちくださいね」

そう言い残し、店員はいったんバックルームへと向かった。待たされる時間は長い。

ピー、という電子レンジの音が鳴った直後に戻ってきた彼は、言葉を発する前から、残念ですが、という表情を浮かべていた。

「すみません、ないようです」

言いながら、茶色のビニール袋に温まったスープを入れてくれる。わかりましたすみませんスプーンはいらないです、と一息に言った。ご一緒でよろしいですか、と言われて頷《うなず》き、おにぎりも入ったその袋を受け取り、軽く頭を下げ、足早にコンビニを出た。

ないだろうなと想定していたのに、ハッキリないと言われると、改めて身体《からだ》が重くなったように感じられる。

マンションに戻ると、稼働しているエアコンのおかげで、さっきよりも部屋はあたたかくなっていた。だからといってこんなことで気持ちが浮上できるはずもない。温かいスープと冷たいおにぎりを食べながら、またハガキを確認した。一人の部屋で一人で食べる、コンビニで仕入れた料理は、食事というのとは程遠い。ごはんとも違うし、もっと言い表せる言葉があればいいのになとも思う。義務といっては大げさだけど、単なる補給に過ぎない。

金額の変わらないハガキを見ているうち、利用料金に関する問い合わせ電話番号が記されていることに気づく。

部屋の時計で時刻を確認する。夜十時。大幅な時間外。

明日会社に行ってから問い合わせようと決めるけれど、気持ちは落ち着かない。誰かに今すぐ話したい、相談したいという思いが湧《わ》きあがってきた。

峻平《しゅんぺい》の顔が浮かんできて、わたしは慌ててツナマヨおにぎりの最後の一口分を放りこむ。端っこ部分は、ツナマヨの味がしない。

日常の中には、いたるところに落とし穴が存在している。仕事でミスしてしまったとか、満員電車に疲れたとか、大小の差こそあれ、あらゆる落とし穴にはまってしまうことがあって、そのたびにこうして、峻平の顔を思い浮かべる癖《くせ》が消えない。もう、振られてから一ヶ月が経《た》つというのに。

むしろ、そこに落ちてしまわないように、この一ヶ月、必死で歩いてきた。油が塗られてつるつるの平均台の上を歩くみたいに、とにかくソロソロと慎重に。絶対に落ちないようにしなければ、と思いながら必死で。

スープを飲み干し、ゴミをまとめると、テーブルの上に置きっぱなしにしていた携帯電話を手にした。連絡先をスクロールして、一つを選ぶ。きっとまだ起きているだろう。

電話はすぐにつながった。

「もしもし」

「もしもし、麻奈美《まなみ》だけど」

「どうしたの、いきなり。珍しい」

ずいぶん久しぶりに聴く母の声だ。電車で一時間という微妙な距離のせいで、実家に帰ることは年に一度くらいだ。もっと近かったり遠かったりすれば、頻度は上がるのだろう。いつでもできるという思いは、気持ちを緩《ゆる》ませる。

「いやー、実は、免許証なくしちゃって」

「免許証？　車の？」

「そう、車の。それが、誰かに利用されちゃったみたいで、突然携帯電話の請求が来てびっくりしてるの。それも二十万で、いったい何に使っ」

「二十万！」

使ったんだろうね、というわたしの言葉をさえぎり、母が驚きの声をあげる。

「どうするのよ、それ」

途端に責められるような口調になってしまい、戸惑う。

「とりあえず明日、電話会社に連絡するつもりだけど。今日はもう、時間過ぎちゃってるし」

「払うことになるんじゃないの？」

「え、全額？」

自分が払うことはないだろうと思い込んでいたので、母からの質問が意外に感じられる。

「だって、誰かが使っちゃって、誰かはわからないんでしょ。それで麻奈美のところに請求来てるんでしょう？」

「そうだけど、わたしが契約したわけじゃないし」

「でも免許証なくしたのは麻奈美でしょう。どこかで落としたの？」

「いや、多分、コンビニのコピー機。クレジットカード作るときに写しが必要になって、それで」

「コンビニのコピー機」

呆《あき》れと苛立《いらだ》ちを固めたような声で母が繰り返す。

「いつ頃の話なのよ」

「多分、三ヶ月くらい前」

「三ヶ月？　なんで再発行いかなかったの」

「いや、免許証がないって気づいたのは、もっと最近なの。でも部屋の中でなくしたのかな、なんて思ってたから」

「自業自得《じごうじとく》じゃない」

自業自得。よく耳にする、短い言葉が、今のわたしに重くのしかかる。

「お金、自分でなんとかしなさいよ。昔から、ぼーっとしてるところあるんだから。いい年していつまでも一人でふらふらしてるから、そんなことになっちゃうんじゃないの」

容赦ない母の言葉は、別のところまで飛び火していくかのようだった。いい年。一人でふらふら。どれも間違っているわけじゃないのが、余計に胸に刺さる。人を傷つけるのは、正しさなのかもしれないと思う。

「とにかく、明日連絡してみなきゃわかんないし、状況変わったらまた連絡するわ」

「もう、ほんとに。あとたまにはこっちにも顔出したら？　そんなに遠いわけでもないのに」

「落ち着いたらね。それじゃあね」

次の言葉が聞こえてくる前に、通話を終わらせる。

自分から電話をかけておきながら、思いのほか厳しい応対をされてしまったことにつらくなる。たった数分の間に、残り少ないエネルギーを、さらに奪《うば》われてしまった感覚だ。

「あーあ」

携帯電話をまたテーブルに置き、フローリングの上に仰向《あおむ》けになった。背中に伝わる硬さ。

わたし、すごく孤独だ。

誰一人として、自分の味方なんていない気がしてくる。夜中に電話をかけて、なぐさめてくれる相手も見つけられない。何人かの友人の顔が横切るけど、みんな仕事や家庭で忙しいのだろうと思うと、自分の話を聞いてもらうのはためらわれる。

峻平に会いたい。今思ったのではなく、ずっと思っている気持ちを、ほどいてむき出しにしただけだというのに気づいていた。わたしはずっと、彼に会いたがっている。感傷に浸るのなんてたやすい。バカみたいに幸福で甘い記憶も、二度と思い出したくないような記憶も、いつまでも浸れそうなほどたくさんある。

峻平のような恋人が欲しいと思う。あらゆることをわかり合っていて、気を遣《つか》わずに一緒にいられて、言ったことが正しい重さで伝わる恋人が。

わたしのことを好きで、付き合いたいと思っている人なんて、たった今この世界には誰もいないのだな、と考えると、暗い気持ちになる。暗いなんてもんじゃない、真っ暗だ。真っ暗。

フローリングにつけている背中の部分から、どこまでも沈みこみそうな感覚になっていく。寝心地がいいわけではまったくなく、むしろ身体が冷えていきそうなのに、このままでもいいとさえ思えてくる。

一方で、こんなふうに仰向けになって、暗いことを考えていたってどうしようもないとわかっている。立ち上がり、明日の準備をいろいろとしなくてはいけないし、お風呂も沸かさなくてはならない。わかっているのに、誰かにリモコンの一時停止ボタンを押されたみたいに、動くことができない。請求額の六ケタの数字が、頭の片隅を巡《めぐ》っている。

峻平と付き合っていた五年間、わたしはクールでいるように心がけていた。峻平は、毎日の中に、些細《ささい》な楽しみや喜びを見つけて、それに対して本気ではしゃげるような人だった。よく笑っていた。

わたしも一緒に笑ってはいたけど、彼にくらべればささやかなもので、彼はそれを不満として口にしたりもしていた。もちろん冗談めかしてはいたけれど。

好きな人ができたという理由で、彼に別れを告げられてから、わたしはずっと、自分ができなかったことばかりを思っていた。特に、その少し前に一緒に出かけた温泉旅行先でのことだ。

旅行を計画してくれたのも、実際に予約してくれたのも、ほぼ全部峻平だった。ガイドブックを広げて、行きたいところを伝えてくれた彼に対して、わたしは、どこでもいいよ、と生返事ばかり繰り返していた。

実際に出かけた旅先でも、わたしはずっと受け身だった。彼に話しかけられれば返事をするけれど、いろんな質問に、なんでもいいよ、と答えていた。

ちょうど仕事が大変な時期で、意識がそっちに移っていたというのもあるし、峻平の存在に慣れきっていたし頼りきっていた。彼の親切や気配りを、当たり前のものだと思っていて、もういちいち意識していなかった。

別れ話になったときに、悪いのは全部自分だと、峻平は言っていたけれど、そうじゃないとわかっていた。もちろん他に好きな人を作ってしまった彼に対して、裏切られたという強いショックと怒りは感じたけれど、わたし自身の態度にも問題があったのだと、自分で気づいていた。

たとえばわたしが、温泉旅行に関するガイドブックを買って、たくさん付箋《ふせん》を付けていたら。

たとえばわたしが、行きたい宿を決めていたら。

たとえばわたしが、旅先で彼と同じように大笑いしたり、大喜びしたりできていたら。

そうしたことを、あるいはそうしたことの一つでもかなえていたら、別れは避けられたのかもしれない。

もちろん、まったくそんなことはなくて、全部実現できていたところで、峻平は他に好きな人を作ったという可能性だってある。あるけれど、選べなかった道のほうが光り輝いて見える。どうしても。

会社に着いて、メールチェックと返信を済ませたところで、部屋から持ってきたハガキを取り出す。携帯電話会社に連絡するためだ。

ボタンを押す作業を何度か繰り返したところで、オペレーターにつながった。身に覚えのないハガキが来た経緯《けいい》などを、なんとか説明し終えると、そういったトラブルは部署が異なるということで、別の電話番号を案内された。

続けてそこに電話をかけると、意外なことを言われてしまった。盗難や紛失の場合、警察に届け出て証明書をもらい、その番号を登録する必要があるのだと言う。まだ届け出てはいなくて、というと、そうですか、と暗い声で相づちを打たれた。

わたしが支払うことになるんでしょうか、と質問すると、まだ今の時点ではわかりかねます、申し訳ありません、と丁寧《ていねい》に謝られてしまった。謝られると怒れなくなる。自分が被害者だと感じている一方で、母が言っていたとおり、自業自得の部分があるとも理解しているので、強くは出られない。

電話をしただけなのに、疲れてしまった様子のわたしを見て、亜樹《あき》ちゃんが声をかけてきてくれる。

「マナさん、どうしたんですか。もしや不正請求？」

隣の席で作業をしていたので、会話は聞こえていたはずだ。別に隠してもいなかった。

「いやー、不正っていうか」

わたしは昨日の流れをひととおり説明した。亜樹ちゃんは、今日もアイラインがしっかりと引かれ、付けまつげが装着された目元を大げさに見開きながら、え、まじで、と連発する。

亜樹ちゃんはわたしの唯一の部下で、同僚でもある。小さな出版社の中で、女性向けwebサイトを作っているわたしは、副編集長という肩書きを与えられているものの、編集長は別の部署にいることが多く、チェックもほとんどしていない。いつも二人でパソコンに向かい、言葉を交わしながら作業をしている。

「それってマナさんが払うことになるんですか？」

眉間《みけん》に皺《しわ》を寄せたままの顔で訊ねられ、どうだろ、と答えた。

「さすがにそうはならないと思うんだけどね。だって向こうのミスなわけじゃん？　本人じゃない人を見抜けなかったっていうか」

「ですよねえ。でも、たまたまマナさんに似てる人が拾って、携帯ショップ行ったってことですか？」

「さすがにそんなに都合のいい展開はないよね。もしかして組織的な犯罪なのかなあとも思って」

　わたしは今朝、会社に来るまでの電車の中で考えていたことを口にした。そもそも免許証を拾ったところで、悪用しようとか、その仕方を思いつくなんて難しいことのように感じられる。少なくともわたしだったら、免許証を使って携帯電話を契約しようなんて発想は浮かばない。個人的にやっているとは考えにくい気がしてきた。そのまま亜樹ちゃんに伝える。

「うん、わたしも浮かばないです。でも、どこかにまだ免許証あるんですよね。超怖いですね。住所も知られてるわけだし」

「そうなの。寝るときに考えたら、怖くなっちゃって。でもまあ、鍵を落としたわけでもないし、わざわざ犯人だって名乗りに来るような真似はしないと思うけどね」

「確かに。ってか、マナさんって、今いくつでしたっけ？」

突然の質問に、理由がわからないまま、二十九だけど、と正直に答えた。わたしの年齢と、免許証の話が、どうつながるのかわからない。

「あー、じゃあ違うか。厄年《やくどし》とかあるんじゃないかなって思ったんですよ。ほら、マナさん、彼氏とも別れちゃってたじゃないですか」

彼氏と別れたことをあっさりと指摘され、ショックよりもむしろ救いのように感じる。昨日の母の言葉が刺さっている分、どこか冗談みたいに軽く響く、すがすがしさがありがたい。

「厄年かあ」

亜樹ちゃんの言うとおり、厄年というのには少し早い。次の厄年は三十代になってからのはずだ。

「亜樹ちゃん、そういうの考えるんだね」

「わたし、十九のとき、まじでやばかったんですよ。ほんっとついてなくて、彼氏にも振られるわ、友だちとももめるわ、おじいちゃん死んじゃうわで、なんなのー、って思ってたら、厄年だったんですよね。だから、これってやっぱあるな、と」

友だちともめるのと、おじいちゃんが亡くなるのとを同じ重さで語るのはどうかと思いつつ、真剣な様子の亜樹ちゃんに、わたしは、そうなんだ、と頷《うなず》いた。二十五歳という実年齢よりも若く見えるようなメイクと服装の亜樹ちゃんが、厄年というものを気にしていることを、意外に、おかしく感じる。

「もう他に来ないといいですけどね」

「え、他に？」

「だって携帯電話会社って、一社じゃないし」

言われて、不安が生まれた。ともかくこのやりとりを終わらせれば、と思っていたけれど、氷山の一角に過ぎないのだろうか。

「考えてなかったよ。怖すぎ」

「わ、余計なこと言っちゃいましたね。すみません」

「いや、全然。とりあえずこれを片付けるわ。今日の帰りにでも交番に寄って、証明書もらわなきゃ」

「人生でそんなことあるんですねえ」

しみじみ、という効果音がぴったりとハマる言い方で、亜樹ちゃんは言う。あるなんてねえ、と心の中で答えた。三十年近く生きてきてもまだ、初体験のことが残っているんだな、と思う。

最初のハガキが来てから二週間のあいだに、亜樹ちゃんの言葉が正しかったのを、思い知らされることになる。

「聞いてよ、また来たよ」

直行の取材先から戻ってきた亜樹ちゃんに、わたしは言った。朝から話したくて仕方なかったのだ。

「また?」

「請求書。今度はロレックス。保証書付き」

「ロレックス!?」

驚くのも無理はなかった。実際、わたしにしても、昨日郵便受けに入っていたデパートからの封筒を開け、高級時計であるロレックスの保証書を見たときには、思わず声をあげかけたのだ。

「どういうことですか、それ」

「デパートに行って、その場でクレジットカードを作って、買い物したみたい。頭金はちょっと払ってるらしいんだけど」

「そんな技まであるんですね。免許証活用術。うちのサイトでも紹介します？　『免許証を使ってできる裏ワザ特集』とか」

わたしは笑った。冗談にしてもらえるのはありがたかった。

「ほんと驚いたよ。思いつかないよね。やっぱり個人がやってることじゃなさそう」

「ですねー。ロレックスかー。でも保証書がマナさんのとこに送られてきたってことは、犯人の手元にはないんですよね？」

犯人、という言葉が新鮮に感じられる。けれどそのとおりだ。

「そういうことになるよね。でも保証書なしでもロレックスだし、質屋にいれたりしても、充分元は取れるんじゃない？　あとはオークションとか」

「すっごいなー」

感心したように言われてしまう。

最初のハガキを受け取って二日後、別の携帯電話会社からのハガキが届き、そこにも同じような内容と金額が記載されていた。なのでその電話会社にも連絡をし、交番で長い手続きをして受け取った盗難届の番号を伝え、それぞれの会社の担当者と何度か電話でやりとりをした。また、同時進行で、仕事の合間を見つけて、片道四十分かけて運転免許センターに出かけ、免許証の再発行をした。

どれも当然のことながら、楽しい気持ちにはならなかった。勉強料だと思いながら、再発行に必要な金額を支払い、何度かかかってきた電話の応対をした。

携帯電話料金に関しては、結局両社とも、わたしが払う必要はないということだった。向こうにも専門の部署や担当者がいたので、まるで珍しい話というわけではなさそうだったけれど、自分と同じ思いをした人が何人いたところで、幸せな気持ちになるわけじゃない。

それでも、ようやく落ち着いたように感じられていたのだ。面倒事から解放されて、やっと荷物を降ろした気になっていた。昨日の封筒を見るまでは。

「さっき、デパートに電話したんだけど、保証書を受け取りに来るってことになった。うちまで」

「え、向こうが来るんですか?」

「そう。取りに伺いますので、って。わざわざ持ってこいって言われなかったのはよかったけど。でも、家に帰るの夜中だし、予定が合わなくて、少し先になったけどね。

二十四日の土曜」

わたしはさっき、電話の最中にもチェックしたカレンダーを見ながら報告した。

「二十四日!?」

ロレックスに驚いたのと同じように、亜樹ちゃんがまた声をあげる。でも今度は理由がわからない。すぐに説明された。

「思いっきりイブじゃないですか、それ」

「……ほんとだ」

わたしは言った。十二月二十四日。クリスマスイブ。

「イブ忘れるって、かなりですよ、それ」

「だってカレンダーに書いてないんだもん、ほら」

卓上カレンダーを手に取り、亜樹ちゃんに差し出すも、いや書いてないとかいう問題じゃないですって、と一蹴《いっしゅう》されてしまう。

「記事もいろいろアップしてたのに」

そのとおりだ。先月の終わりくらいから、クリスマス関連記事をアップしている。

クリスマスにお勧めのレストラン、ケーキ、パーティーグッズ、イベント。記事は外部ライター発注のものがほとんどだけれど、自分で執筆を担当したものも少なくない。仕事で扱っているものと、日常が、うまくつながっていなかったようだ。確かに外ではクリスマス仕様のイルミネーションやディスプレイをやたらと目にするようになったと感じていたのに。

「彼氏いないからって、気抜きすぎですよ」

立て続けに向けられる言葉に、何ら言い返せない。ふと電話口でのやりとりを思い出す。

「わたし、デパートの人に、二十四日なら何時でも大丈夫です、とか言っちゃったよ。うわー寂《さび》しい女、とか思われてたらどうしよう」

「わたしなら思います」

亜樹ちゃんはきっぱりと言う。わたしは大げさに、デスクに倒れこむようにして頭をのせる。

「クリスマスなんてなくなればいいのに」

「えー、困りますよー。わたし、彼氏と出かける予定入れちゃってますから」

笑う亜樹ちゃんを、軽く睨《にら》んだ。わたしの視線にすぐに気づくと、亜樹ちゃんは目を見開く。

「あ、でも、やってきたデパートの担当者が、超イケメンで、恋に落ちるって可能性もあるかもしれないですよ。イブだから、そのくらいの奇跡があってもいいじゃないですか」

「奇跡、かあ」

「そうですよ。信じる者は救われますよ」

奇跡か、と、同じことを今度は声にせずに思う。亜樹ちゃんの言葉が、またも正しかったと、証明してもらいたい。


昨年のクリスマスイブ、峻平が予約してくれていた映画館のシートで映画を観たあと、近くのレストランまで歩いたときの情景を、強く記憶している。

クリスマスイブは毎年一緒に過ごしていた。わたしよりも彼が張り切っていたのだ。たいていは平日で仕事も忙しかったから、夜に会うだけだったけど、いつも手のこんだことをしてくれた。あらかじめ夜景の綺麗《きれい》なレストランを予約しておいてくれたり、部屋にプレゼントを隠してくれていたり、花束を用意してくれていたり。

映画館を出て、彼はタクシーに乗ろうと言ったけど、わたしは歩いて行こうと主張して、そうなった。歩いて二十分ほどの道のりの途中には、歩道橋があった。先の横断歩道を使って渡ってもよかったのだけれど、歩道橋を選んだ。わたしの履いていたヒールが、一段上がるたびに、カン、と音を立てた。

歩道橋の上でわたしは立ち止まり、それを見て峻平も一緒に立ち止まった。

「メリークリスマス」

峻平にではなく、下を行き交う車に向かって、わたしは言った。映画を観ながらビールを飲んでいたので、少しだけ酔っぱらっていて、寒かったけど、吹いてくる風が頬《ほお》に当たるのが気持ちよかった。

「メリークリスマス」

峻平も、わたしと同じように、下を覗《のぞ》きこむ姿勢になって言った。

街の光が綺麗だった。行き交う車すべてに、幸福なカップルが乗っているような錯覚をしていた。

「ほら、行くよ」

峻平がわたしの手を取って、わたしたちはまた歩き出した。

この人のことが大好きだ、と思っていた。一緒に映画を観られて、一緒に歩道橋の上に立てて、そういうことのひとつひとつが、もう何年も一緒にいるのに、まるで初めてやることみたいに新鮮に感じられて、ものすごく嬉《うれ》しかった。

口に出さなかったのは、口に出すことで、思考がずれてしまうようでイヤだったからだ。大好き、と言ってしまったら、今自分が思っている大好きとは、違う形になってしまうような気がした。

もうとっくに伝わっているとも思っていた。何もかも同じ気持ちで、何もかも同じ感覚を共有できていると信じて疑っていなかった。

何より照れくさかったのだ。いつもクールでいたかった。かっこいい存在として、彼の前に立っていたかった。イブの夜に大好きなんて言うのは、自分のキャラには似合わないとわかっていた。

でも、言えばよかった。あのとき。峻平が大好きだと、歩道橋の上で叫《さけ》んだってよかった。

彼と別れてから、歩道橋から見た景色を何度も思い出した。幸せという、形のないものを、具現化したような夜だった。そして思い出すたびに、涙ぐんだり、実際に泣いたりした。

つらかった記憶じゃなく、幸せだった記憶のほうが、ずっと涙腺《るいせん》を刺激する。熱があればあった分だけ、今の冷たさとのギャップが明らかになってしまうからかもしれない。

彼に対してできなかった後悔ばかりを抱えて、わたしは、一人で今年のクリスマスイブを過ごそうとしている。

五時半を回ったところで、ドアチャイムが鳴った。

「はい」

ドア越しに応答すると、デパート名を告げる声が返ってきた。わたしは鍵を開ける。

「お忙しいところ申し訳ありません」

意外なことに、そこには二人のスーツ姿の男性が立っていた。てっきり一人で来るものだと思い込んでいた。

亜樹ちゃん、外れたよ。

わたしは心の中でつぶやく。立っていた二人とも、わたしよりも父親に近い年齢だとすぐにわかった。恋愛という言葉からも、奇跡という言葉からも遠かった。

「このたびはいろいろとご迷惑をおかけしまして」

「いえ、こちらこそ」

そうですね、と言うわけにもいかず、わたしは曖昧《あいまい》な返事をする。

「あ、こちらお返ししますね」

玄関に備え付けのシューズラックの上に置いておいた、封筒を手渡す。中に入っていた保証書を確認すると、男性は、はい、いただきます、とつぶやいた。

「あの、こちら、もしよろしければ」

黙っていたもう一人の男性が、紙袋を手渡してくる。紙袋も、中身の包装も、デパートのものだ。

「え、あ、すみません」

そんなに重くはない。まるで中身はわからない。

「それでは失礼いたします」

二人が頭を下げ、わたしも慌てて頭を下げた。ドアが閉められ、また空間がわたしだけのものに戻る。あっというまの出来事だった。

部屋に戻り、受け取ったばかりの紙袋から、中身を取り出す。デパートのロゴが印刷された緑色の包装紙は、クリスマス仕様なのだろうか。

丁寧に紙をはずすと、中から現れたのは、四角く赤い缶だった。サンタクロース、トナカイ、屋根、雪のイラストが描かれている。

缶の周囲にぐるりと貼《は》りつけられたテープをはがし、蓋《ふた》を開ける。缶を見た瞬間に予想していたとおり、そこに入っていたのは、数種類のクッキーだった。星形のものや、ツリー形のものもある。

一番シンプルに見える、丸いものを一つ手に取った。噛《か》んでみると、しゃり、と音がした。表面に砂糖の粒がのっている。

特別おいしいわけではなかった。やけに甘いし、味の要素が単純すぎる。でも妙に懐かしい。

こんなに食べきれないよ、と、一枚も食べきらないうちから思った。サンタのイラストは、十年前くらいから変わっていないのではないかと思えるほど、古臭く感じられる。

「メリークリスマス」

つぶやいてみた。去年のクリスマスイブ、歩道橋の上でつぶやいたときとは、まるで違う響き方をした。気持ちも、同じ自分から生まれたとは思えないほど、遠くかけ離れている。

持ったままのクッキーをまた口に運ぶ。しゃり。しゃり。

今ごろ亜樹ちゃんは彼氏とデートしてるのかな、と思う。きっとそうだろう。

最後のかけらを口に投げいれる。しゃり。しゃり。甘さが口の中に広がる。

なんとか終わったんだな、と実感する。面倒なことから、ようやく解放された気がする。もう免許証も再発行したし、これ以降は請求書は届かないだろう。

来年はさすがに、もっと楽しく過ごせているだろうか。おそらく。多分。きっと。

いや、絶対に。

厄年の前借りってことにしておこう、とクッキーを噛みながら決意する。三十代で訪れる厄を、多分今、受け止めているのだ。神様だってたまには間違ってしまうこともあるだろう。厄を数年早く回してしまったのかもしれない。

きっとこんなクリスマスイブを過ごすのは、人生最初で最後に違いない。まだ人生にやったことのないことが残っているのは、意外と幸せなのかもしれない。

「メリークリスマス」

同じセリフをつぶやいた。今度は、缶の中に詰められたクッキーに向かって。蓋を閉めたら、なにかおいしいものを食べに行こう、と決める。

# 返信を待たない

夫である悠太《ゆうた》からの連絡は、充分に予測できる内容のものであったにもかかわらず、わたしをガッカリさせた。

《遅くなるから、先にごはん食べてて！

ごめん》

文末には、目を閉じて困ったような表情を浮かべている絵文字が添《そ》えられている。

やっぱり、と心の中で自分に言い聞かせてみるが、まさに火を通していたさなかである鍋《なべ》の中のビーフシチュー、ラップをかけて冷蔵庫に入れておいたブルーチーズのサラダや帆立《ほたて》のカルパッチョ、同じく冷やしておいたシャンパンとガトーショコラ、ダイニングテーブルの上のバゲットが、一斉に意味を失って、無駄になった感覚にとらわれてしまう。

おそらく悠太は、遅くに帰ってきて、これらのメニューを目にしても、今日が記念日だとは思いもしないだろう。わたしが休みに気まぐれにやる気を出したと感じ、さっちゃんすごいね、どうしたの、と驚くだろう。気まぐれなやる気というのも、あながち間違いではないが。

バゲットを買いに行った際、生花店に立ち寄ろうか迷った。店先の、赤いバラやピンクの芍薬《しゃくやく》が、目に鮮やかだったから。ダイニングと一続きになっているリビングに置いても、きっと美しいと想像したが、調理時間を考えて、一分でも早く部屋に戻ろうと決めたのだ。花があったなら、さすがに悠太も気づいたと思うが、気づかない可能性だってもちろんある。

わたしが見ている景色と、夫が見ている景色は、同じように見えて、ずいぶん違うものらしいと、結婚後、しばらくしてから実感した。そのときも確か、花を飾《かざ》っていたのに彼が何も言わず、わたしが言ったことでようやく反応するという出来事があったのだ。どうして見えていなかったのだろうかと、ちょっとした衝撃を受けた。逆に彼だけが見えていて、わたしが見えていないものもたくさんあるのだと思うけれど。

やはり去年のように、まわりくどいことをせずに、数日前から伝えておけばよかった。もうすぐ結婚記念日だからね、と。そうすれば、頑張ってなんとか仕事をやりくりして、早く帰ってきてくれただろう。一緒に食事をとり、おいしいね、と笑い合うこともできただろう。

今日は水曜日で、わたしの勤務先である不動産店の定休日でもある。だからこそ記念日の献立《こんだて》を考え、張り切って調理していたのだ。去年の同じ日付が何曜日だったかは憶《おぼ》えていない。一昨年は日曜日だ。区役所の休日受付窓口で、母親に近いくらいの年齢とおぼしき女性に、婚姻届を受理してもらい、おめでとうございます、と言葉をかけてもらった。実感は湧《わ》いていなかったが、湯たんぽのようなあたたかな幸福さはあった。

付き合っているときから、記念日に無頓着《むとんちゃく》な人だった。自分の誕生日も平気で忘れている。あまり興味がないのだ。もっとも無頓着なのは、記念日だけではなく、わたしの感情にも。わたしが落ち込んでいても、苛立《いらだ》っていても、さほど気づくことがない。

ただ、無頓着というと言い方が悪いが、悠太の変わらなさや穏やかさについては、心から信頼している。気分や状況に左右されず、目の前の物事に対して、静かに向き合い、冷静な判断を下していく。こちらが何か失敗をしたとしても、さほど責めることなく、ましてや引きずったりもしない。夫のそうした部分に救われたことは、一度や二度ではない。まるで太陽だな、と大袈裟《おおげさ》でなく思ったこともある。

出会ったきっかけは、大学時代の友人の結婚だった。わたしは新婦側の友人として、悠太は新郎側の友人として、二次会の幹事を担当することになっていた。

顔合わせで初めて会ったときは、さわやかだな、という印象を受けた。そのとき着ていたポロシャツや、短髪の影響が大きかったかもしれない。なんとなくスポーツが好きそうな気がした（この予感は当たっていた。学生時代サッカーに熱中していた彼は、社会人になってもフットサルサークルに参加している）。わたしがそう呼ばれていたのを聞いて、すぐに、さっちゃん、と呼んでくるような親しみやすさもあった（だからこちらも、一つ歳上ではあったが、悠太くん、と気軽に呼ぶようになった）。

ビンゴゲームの景品についてや、当日の進行についてなど、幹事で打ち合わせをする中で、さわやかさに加えて、仕事のできる人なのだろうなという印象が生まれた。あまり迷う様子がないし、適切な提案をしていく。

二次会とは関係のない話題も増えて、少しずつ互いのことを知っていった。二次会も無事に終了し、後日、打ち上げと称した、新郎新婦と幹事たちの飲み会の帰り道、駅までみんなで早足で向かう途中に、今度は二人で飲みませんか、と言われた。ずっと砕《くだ》けて話していたのに、誘いだけが敬語であり、みんなに聞こえないように小声だった。だから同じように、いいですよ、と答えた。緊張しつつ。

付き合うようになっても、悠太の印象は変わらなかった。もちろん初めて知る部分は増えたし、時にガッカリすることだってあったけれど、悠太のおかげで、基本的には穏やかで柔らかい時間をわたしたちは過ごした。わたしの休みが水曜日の他は変動的なので、だいたいはカレンダー通りに休日がある悠太とは、すれ違いもあったが、それでも休みが重なる日にはどこかに出かけ、たくさんの記憶を共有した。

付き合って二年ほどして、入籍をした。五月だったのは、互いが三十歳になったタイミングだったというのもあるし、わたしの両親が、その前月からスタートしていた、入籍前の同棲《どうせい》に嫌な顔をしていたからというのもある。式を挙げたのは秋で、二次会の幹事は、わたしたちが出会うきっかけとなった、友人夫妻を含めた数名が務めてくれた。

「結婚記念日って、入籍した日かな？　それとも今日？」

訊《たず》ねたのは、タクシーの中だった。披露宴会場から二次会会場に向かう、短い道のりで、わたしはクリーム色のドレスを身につけていた。お色直しで着た、そのままの格好だった。やっぱり淡いグリーンの方がよかっただろうかと悩んでいたのだが、式場のヘアメイク担当の女性に、お似合いですね、と言われたことで、選択を後悔せずに済んでいた。列席者も口々にほめてくれた。一日で一生分の笑顔を浮かべた気分にもなっていた。

ドレスはレンタルだったのもあって、皺《しわ》にならないように注意しながら座っていた。本気でどっちが結婚記念日なのかを疑問に思ったというよりも、ふと思いついて口にしたものだった。

「どっちでも大丈夫なんじゃない？　……じゃあ、入籍した日にしましょうか」

胸元に白い造花をつけ、ところどころにラメが入っているシルバーのタキシードを着ていた悠太は、こちらを見て言った。わたしは、今度は二人で飲みませんか、と誘われた瞬間を思い出した。悠太も思い出して言ったのか、それともたまたまなのかは、あえてハッキリさせずに、わかりました、と答えた。今度は小声ではなかったけれど。

初めての結婚記念日である去年は、フレンチレストランに出かけた。雑誌で目にしてから、ずっと行ってみたかったお店で、予約もわたしがした。悠太は会社を出て買ってきたのであろう花束をくれた。そういえば、花束には赤いバラが入っていた。今日店先で見たのと同じように美しいバラが。

ガスコンロを操作し、ビーフシチューの鍋の下、弱火にしていた炎を止める。鍋は結婚前から使っているものだ。コーティングが剝《は》がれてしまっているのか、底面がだいぶ焦《こ》げつくようになってきてしまったが、愛着が湧いていて、なかなか手放す気にはなれない。

数歩歩いて、四人がけのダイニングチェアの一つに腰かける。定位置である、窓とリビングに近い席。

廊下から玄関につながっているドアが開き、花束を持った夫が現れる場面を想像する。不自然だ。レストランで渡してくれたときも、本当は帰りまで隠しておきたかったらしいが、バッグに入れることもできず、かといって店員の男性に預けるというのも思いつかなかったらしく、見るからに持て余していた。似合っていないというよりも、不慣れなのが明らかだった。

花束に慣れていた男性を知っている。モリーだ。わたしの感情が、彼にはメーターとして可視化されているかのように、苛立ちが募《つの》った頃になると、何もない日であっても、小さな花束をくれた。どこで買っているのかは結局知らないままだったが、いつだって季節の花が入っていた。我ながら、何度も同じ手で騙《だま》されるのも間抜けだと知りつつ、見事なガス抜きになっていた。

　モリーが慣れていたのは花束だけではない。彼はわたしの機嫌をとるのが上手だった。他の人が言ったならとりたてておもしろくないことであっても、言い方や表情や間、見えない何かを含めて、わたしを笑わせた。シリアスな場面であっても、つい笑いがこぼれてしまい、そのまま悲しんだり怒ったりするのが難しくなるのだった。

　三日前に届いた、短い誘いを思い出す。思い出すのは難しいことじゃない。むしろ、忘れようと注意を払っているくらいだ。今日だって、ふとした瞬間に脳裏をよぎっていた。たとえば玄関でローファーを履いたときに。たとえば人参《にんじん》を洗っているときに。たとえばブルーチーズを細かく切っているときに。よぎるたびに、振りほどいていた。

《今度飲みたい　いつがいい？》

　ずいぶんと久々でありながら、親しくしていた頃と変わらない雰囲気の文面に、相変わらず勝手だと苦笑しつつも、大きく動揺した。句読点をほとんど使わないメールを、中毒患者のように心待ちにしていた毎日が、温度を持って甦《よみがえ》るかのようで。

わたしが断るという可能性なんて、この人の中には存在していないのだな、と思った。無理もなかった。わたしが彼を拒《こば》んだことなんて、一度としてない。彼と会うのが、わたしの生活において、何よりの優先事項だった。彼にいつ会うかわからないから、友人との予定が入れられなかったのも、習慣となっていた。

もう二度と戻りたくない。それなのに返せていない。返せていないのは、断りたくないのと同義だ、この場合。

紙とビニールの袋越しに、バゲットが小麦の匂《にお》いを放っている。隠しきれないものがあると、確かに知っている。


ひと月ほど前のことだ。

「一件の友達リクエストが届いています」

Facebook の通知を、何も考えずにタッチして(関係のない話ではあるけれど『友達リクエスト』という言葉の奇妙さについては、通知があるたびに思っている)、表示されていたリクエスト主の名前に、息を止めてしまった。

Tatsuki Morisawa

脳内では、森澤樹、と一瞬で変換することができた。いや、しようと思ったのではなく、勝手にされた。繰り返し、自分でも嫌になるほど本当に繰り返し思った名前。実際に口にしてつぶやいたことだってあった。モリーというのは、わたしが出会ったときには既《すで》に、みんなから呼ばれていた彼のニックネームだった。だけど離れてからは、その呼び名よりも、フルネームで思うことのほうがずっと多かった。もりさわたつき。彼の名前を思うたび、心は揺《ゆ》れた。原形なんてとうにとどめていなかった心が、さらに変形した。なんて簡単につながってしまえるのだろう。

喜びというよりも、落胆に近かった。あんなに焦がれていたものが、目の前にあっさり現れてしまうと、自分が再びつながるためにもがき苦しんでいた時間が、なんだったのだろうと空《むな》しく感じられたのだ。

それでもわたしは、モリーと「友達」になった。全然「友達」なんかじゃないと思ったが、リクエストを無視したり、断ったりするという考えは生まれなかった。タップした彼のページには、投稿記事はなかった。基本データのうち、名前以外は、誕生日が書かれているくらいで、多くの人が設定しているアイコンとなる写真も未登録だったし、出身地も出身校も記入されていなかった。その空白がかえって、本人なのだろうと思わせたし、わたしを安心させた。

たとえば飲み会の写真が添《そ》えられた「今飲んでいます」といった内容の文章とか、どこかのレストランへのチェックインとか、旅行アルバムとか、そうしたものがあったなら、わたしは一つ一つを暗記するほど読んでしまうだろうし、投稿記事の中から彼の今の生活を読み取ろうとするだろう。

どこに住んでいるのか、結婚はしているのか、恋人はいるのか、仕事は何をしているのか。少しの情報から、ひたすら探ろうとする自分にウンザリして嫌悪感を抱くというところまでの一連の流れが、手に取るように想像できた。探りようのないものが広がっているほうが、よっぽどよかった。

彼の「友達」は少なかった。共通の友人は一人もおらず、すなわち、彼がわざわざわたしの名前を検索してリクエストを送ってきたと考えるのが自然だったが、彼に似つかわしくない行動に思えた。でも少し考えているうちに、似合う行動かもしれないとも思い直してきた。

　唐突さや、他の人には理解することのできない思考のつながりを、彼は有していた。結局のところ、一緒にいた年月の間に、わたしは彼を理解することなんて全然できなかったし、似つかわしいものや似つかわしくないものを判断するのは不可能だった。その事実はずっと受け入れがたく、認めたくないあまり、長い間わたしを苦しめていたが、こうしてまるで環境の変わった今となっては、冷静に思うことができた。

　自分の冷静さに安堵《あんど》すると同時に、時間が流れたのを知った。離れた直後に、「友達リクエスト」を受け取っていたのなら、メッセージを何通も送りつけたに違いない。いや、向こうから来る以前に、Facebookで彼の名前を検索していただろう。もしも登録されていないようであれば、毎日、いや日に何度も、いつか登録されるのを待って検索しつづけただろう。

　それでも数日は、向こうからメッセージが来るかとソワソワしていたのだが、じきに意識しなくなった。もともとFacebookに関しては、登録した直後にいくつか近況報告の記事を投稿して、あとは思い出した頃に「友達」の投稿記事を見る程度で、熱心なユーザーではなかった。

　登録名は、旧姓と現姓を両方記入している。だからモリーがわたしを見つけた以上、彼がわたしの結婚についても知ったと考えるのが自然だった。わたしのように、相手の投稿記事をさかのぼりはしないかもしれないが、もしも仮にさかのぼったのなら、温泉旅行に出かけた際に撮った、悠太との写真も目にすることができる。

おそらく思いつきで名前を検索し、「友達」にもなったが、こちらが結婚していることもあり、興味は失われたのだろう。わたしはモリーの気持ちを、そんなふうに推測した。彼が結婚しているかどうかについては、あえて蓋《ふた》をして考えないようにした。年月は、蓋をできる能力も身につけさせてくれた。

けれど、誘いのメッセージが来てからは、いとも簡単に冷静さや平穏さは失われてしまった。年月の積み重ねによって身につけたと感じていたものなんて、錯覚《さっかく》だったのだと突きつけられているかのようだった。

彼と離れたばかりの頃、わたしは生活を満足に送れなくなっていた。なんとか職場には行くものの、目を覆《おお》いたくなるようなミスを繰り返したし、仕事以外の時間は、泣くかあるいは呆然《ぼうぜん》としていた。食欲がなくなり、眠れなくなった。

別れと誘いのメッセージという大きな違いがあるから当然かもしれないが、今は少なくとも表面上は、変わらない日常を送っている。普通に仕事をこなし、夫と普段どおりのコミュニケーションをとる。食欲もあるし、睡眠だって充分だ。

それでもわからなくなる。目の前の生活が、ガラス越しに流れていく景色みたいに感じられてしまう。心は今もモリーの近くにあって、わたしの容器だけが、ここにあるのかもしれないという突拍子もない思考に覆《おお》われたりもする。


モリーといた日々が幸せなものだったのかどうか、わたしには答えることができない。誰といようと一人でいようと、日々とはそういうものかもしれないが、モリーとの時間は特に、幸せと不幸とが、ぎっちりとした編み込みのように絡《から》まって、まとまりとなっているから、ほどいて分解することなんて不可能だ。

初めて会ったのは居酒屋だ。友人の主催した飲み会だった。彼は友人の友人の友人で、八人ほどの場で、たまたま席が隣だったので、挨拶《あいさつ》や世間話をした。

モリーは口数が少なめで、ひょっとすると退屈なのかもしれないと感じた。壁にいくつも貼《は》ってある、隅がはがれかけている手書きのメニューを見つめたり、もう薄くなっているであろう、生レモンサワーのジョッキの持ち手を飲むわけでもなく握っていたりしていた。

何と言ったかはもう忘れてしまったが、わたしが冗談めいたことを口にしたときの、彼の表情をはっきり憶えている。くしゃっと、崩れるみたいに笑ったのだ。小さく笑い声を立てて。

今の顔をもう一度見たい、と思い、わたしはまた何かを口にした。彼はそれにも小さく笑ったけど、さっきの表情とは異なっていた。わたしは隙《すき》を見つけては、過剰にならない程度に話しかけてみた。丁寧に答えてはくれたし、小さく笑うこともあったけど、あの笑い方は一度きりだった。

帰り際に連絡先を訊ねた。彼は、ああ、と別段不思議がるわけでもなく、すんなりと教えてくれた。まだLINEもFacebookもなかったから、携帯電話の番号とメールアドレスを伝えてくれた。アドレスには「analog」という単語が含まれていたので、アナログ？　と聞くと、アナログフィッシュってバンドが好きだから、という答えが返ってきた。

帰り道、レンタルショップに行き、アナログフィッシュというバンドのCDを探した。「ROCK IS HARMONY」というタイトルのアルバムが一枚だけあったので、久しぶりに会員証を使ってレンタルした。

曲を、携帯音楽プレイヤーにインストールして、電車での通勤時に繰り返し聴いた。静かさと激しさが同居しているような曲が多くて、ボーカルが心地よかった。ささやかな恋愛を描くようでいて、世界のことも歌っていた。

あのときにはもう、恋だったのだろう。わたしが彼に恋するまでに、さほど長い時間は必要なかった。たかだか数時間程度のことだ。

最初のメールはわたしから送ったが、誘いは向こうからだった。今から飲める？　という短文だった。大丈夫です、と打ってから、あまりに早く返すのもためらわれ、です、の削除と入力を繰り返して、最終的には、大丈夫ですよー、と返したのを記憶している。

彼が指定した居酒屋は、以前会った場所よりも古そうで小さな店だった。彼は前よりも口数が多くて、崩れるような笑い方を何度かした。店を出たときに、うちに来る？　と彼はわたしに言った。わたしは頷《うなず》いたが、訊ねたはずの彼は、どことなく興味がなさそうで、焦《あせ》るような気持ちになった。黙って少し後ろを歩き、彼のアパートで関係を持った。

モリーの仕事は謎だった。何度飲もうと、セックスしようと、わからなかった。住んでいる古いアパートは、親戚《しんせき》が管理しているものということだったが、別に実家がお金持ちというわけではなさそうだった。部屋にはたくさんのCDと、少しの本があった。物置だと言っていた一室を、ちらりとだけ覗《のぞ》かせてもらったことがあるのだけれど、そこにはさらに多くのCDがあるようだった。

謎だったのは仕事に関してだけではない。生活リズムや、今までの経歴など、知りたいことはキリがなかったが、仕事に関して同様、彼ははっきりした答えを口にしなかった。答えたくないわたしの質問に対しては、答えを曖昧《あいまい》に濁《にご》すだけでなく、平気で無視することもあった。嫌われてしまうのを怖がったわたしはやがて、彼に多くの質問をするのをやめた。

会うのはたいてい彼のアパートで、一度目のように、どこかの居酒屋で飲んでから行くときもあれば、そのまま行ってそのまま帰るだけのことも少なくなかった。誘いはいつも向こうからだった。わたしが誘って断られることが続いたので、おそらくこちらからは声をかけるべきではないのだと察した。

謎に満ちている関係性の中で、モリーがわたしを、わたしがモリーを好きなほど好きではないことはハッキリしていた。彼は日頃から親切だったし、わたしに感じ悪く接するということもなかったが、裏を返せば、誰にでも同じだった。会うのも、話すのも、触れるのも、親切さの延長なのではないかと思うほどだった。物理的な証拠があるわけではなかったが、モリーは、わたし以外の女性とも会っているようだった。

わたしは自分が誤解されているのではないかと不安だった。存在を軽んじられている気がしたのだ。自分が彼の連絡先を訊ねたのも、初めて二人で飲んだあとで関係を持ったのも、明確に恋人関係を結ばないまま会いつづけるのも、あくまでモリーが相手だからであり、生まれて初めてのことなのに、慣れていると思われるのは不本意だった。

ある日の行為のあと、部屋を暗くして、眠りかけている彼に、わたしはとうとう話した。まだ形になっていない部分まで含めて、自分の思いをわかってもらおうとした。文字にならないような彼の相づちを挟みながら、ひたすらに訴えつづけた。

ようやく話し終えたとき、わたしは涙ぐんでいた。理由が説明できない涙で、モリーは気づいているのかいないのかわからなかった。裸の彼は裸のわたしにくっついたままで言った。

「おれ、皐月《さつき》の思うようにはできないから」

彼はわたしを皐月と名前で呼んだ。最初はみんなのように、さっちゃんと呼んでいたのだけれど、わたしが、小学生時代に「さっちゃん」という歌にかこつけてからかわれたことがある、と話したところ、じゃあおれは皐月って呼ぶよ、と言ったのだ。わたしを名前で呼ぶのは、両親とモリーだけだった。

わたしがどう答えていいかわからずにいると、彼はさらに言った。

「悪いけど」

言葉に反し、ぷっつりと切り取るような言い方だった。目の前でシャッターが閉められたのがわかった。え、と戸惑うわたしに、彼はもう何も言おうとはしなかった。

「ごめんね、今日は帰る」

わたしは言った。とっくに終電はない時刻だった。引き留めてほしかったけれど、彼は、うん、と言った。わたしはそのまま、脱いだ順とは逆に、自分が身につけていた、下着、ストッキング、キャミソール、ブラウス、スカートを着ていった。さほどお酒を飲んだわけではないのに、思考が膜《まく》をはったようにぼんやりとしていた。

外のほうが家の中よりも明るかった。歩いて帰りたい気分だったが、タクシーに乗った。タクシーの中で、携帯電話が震えて、モリーからのメールを受信するのを期待していたが、メールは来なかった。朝になっても、仕事が終わっても、翌日になっても、翌々日になっても、メールは来なかった。

彼にはわたしの機嫌をとるつもりはないようだった。その気になったなら、簡単にできることだと、わたしも彼も知っているのに。

終わったのだと認めた夜に、さんざん泣いた。夜だけでなく、しばらく泣きながら暮らした。あらゆる言葉も音楽も人も、救いにはならなかった。わたしが欲しているのはモリーでしかなく、けれど彼は、悪いけど、と言った。続く言葉をいくら待ったところで、何もないのだった。

《仕事終わった。これから電車》

文末には、電車の絵文字。

わたしは、ウサギがお茶を差し出しながら「おつかれさま」と言っているスタンプを返した。すぐに既読マークがつく。

時刻は十時を過ぎた。いつもよりは少し早いものの、遅い帰宅だ。食事をとる気持ちにもならず、ガトーショコラを一切れ食べてから、不意に思い立ち、浴室の掃除や、茶しぶの残るマグカップの漂白をしているうちに、こんな時刻になっていた。
《ごはんある？
なかったら買って帰る》
文末には、茶碗《ちゃわん》に盛られたごはんの絵文字。
《あるよ。豪華だよ》
文末に、黄色くキラキラと光る絵文字。
《やったー》
文末に、思いきり笑顔の絵文字。わたしは何かスタンプを返そうとするが、ピッタリ当てはまるものがなく、送るのをやめる。悠太の会社の最寄り駅からうちまでは、四十分くらいかかるはずだ。タイミングを合わせて、ビーフシチューとバゲットをあたためておきたい。
スマートフォンをダイニングテーブルに置いたときに、モリーとメールをやりとりしているときには、こんなことなかったな、と気づく。メールの一文一文を読み返しては気にして、打ち直して、返信のタイミングまで気にかけていた。返信をしてもしなくてもいいなんて関係性があると、思いもしなかった。

置いたばかりのスマートフォンを手に取り、Facebookのメッセージ用アプリを起動させる。一番上は、もう暗記しているTatsuki Morisawaからのメッセージ。クリックした。相手からの文面には目を落とさず、下にある、「メッセージを入力」と書かれた欄に、メッセージを入れる。

《ごめんなさい、行けないです。》

打ち込んで、青い文字で表示されている「送信」を押した。アプリを終了し、またスマートフォンを置く。きっともう、モリーからのメッセージは来ない。予感ではなく確信に近かった。

幸せだと言いきれる瞬間を、数えきれないほどたくさん、悠太と共有してきた。二次会会場に向かうタクシーの中や、区役所の休日受付窓口だけではない。カウントしたことはないけれど、この部屋の中だけでも、モリーにもらったメールの数よりもずっと多く。

このあいだのわたしの誕生日に、悠太と二人で行ったイタリアンレストランを思い出す。プレゼント、と言って取り出した箱には、ピンクゴールドのブレスレットが入っていた。喜ぶわたしに向かって、ブレスレットを選んで買ったときのことを、おもしろおかしく話してくれた。わからないから、とにかく人気のものをください、と伝えて買ったのだと言う。店頭での細かいやりとりを聞き、わたしは繰り返し笑った。

レストランの名物でもあるというトマトソースのパスタを食べながら。

不意に、自分の空腹を意識する。これからも何度となく、夫と食事をとるのだろう。この部屋で。レストランで。居酒屋で。フードコートで。旅館で。年月は流れていく。

わたしは悠太と一緒にいたいと思っている。

おかえり、のあとで、結婚記念日忘れてたでしょう、と言おうと決める。きっと悠太は、少し驚いた表情を浮かべてから、ごめん、と言うに違いない。

# 消えていくものたち

まもなく開始時刻だからという理由だけで、観ることを決めた映画は、法廷劇だった。客の入りはあまり芳《かんば》しくなく、四分の一にも満たなかった。ニューヨークで、妻を殺した容疑で逮捕された夫を巡るサスペンス。妻のかつての恋人と弁護士の顔がよく似ていたせいで、話の筋が混乱してしまったこともあり、おもしろいとは言い難かった。夫の冤罪《えんざい》が晴れたのはよかった。近くで観ていた恋人らしき二人は、映画の内容より、互いの手をつなぐことに必死になっている様子だった。他の席のサラリーマンらしきスーツ姿の男性は、途中から眠っていた。

出る間際に、別のスクリーンも覗《のぞ》いてみたのだが、そちらのほうが混雑していた。どうやらアニメ映画のようだったけれど、子どもよりも大人が客の多数を占めていた。最近は真夜中にテレビでアニメがよく放送されていたりもするし、アニメはもはや子ども向けというわけではないらしい。

　そんなことを考えながら表に出てみて、街の様子に驚いた。

　単純に、人通りがいつもより多いというだけでなく、行きかう人たちがこぞって派手な化粧や恰好《かっこう》をしている。何かのキャラクターのような着ぐるみを身につけている人もいれば、外国人ミュージシャンのように露出の激しい服を着て、派手なメイクをしている人も。馬のかぶりものをかぶっている人。顔を真っ白に塗って、傷のような跡をつけている、看護師姿の人。

　いったい何の騒ぎなのか。

　彼らは同じ方向を目指して進んでいるというわけではなさそうだった。どこか目的地があるわけではないらしいし、全員が知り合い同士というわけでもないようだ。

　わたしは近くの喫茶店に入った。ここはいつも混雑していて、限られた座席に入りきらず、多くの人が立ったままで飲み物を飲んでいる。なんとかラテというカタカナの名前が多く並んでいて、どうやらコーヒーの種類らしいが、飲むわけではないので関係がない。立っている人たちの近くに佇《たたず》むことにする。壁一面が窓になっているので、ここからは駅前の様子がよく見える。いつも人通りが多いのだが、それにしても、今日は特にだ。

「お待たせー、ハッピーハロウィーン」

背後から声がして、わたしは振り向いた。どうやら立って飲み物を飲んでいる一人の、待ち合わせ相手の女性のようだ。テラテラと光る水色のワンピースに、真っ白なエプロンをつけている。頭には大きな黒いリボン。まつ毛がずいぶん長く、目元の化粧も濃い。素顔もわからないくらいだ。一体化粧にどれだけの時間をかけているのか。

「ハッピーハロウィン。それ超可愛いねー」

待っていたのも女性だった。足元まである長い金色のワンピースを身につけている。同じように、素顔がわからないほど化粧は濃い。彼女たちも何かの役柄なのかもしれないが、わたしにはわからない。外国人のようにも見えるが。

「ありがと。人すっごいねー」

「ねー、すっごいねー。ハロウィン初めてだからドキドキする」

「わたしもわたしもー。ハロウィンデビューだよ」

さっきから繰り返されている、ハロウィン、という単語に、なんとなく聞き覚えがある。確か数年前くらいから言われはじめた行事のはずだ。起源は西洋の行事だろうか。少なくともわたしが若い頃には馴染《なじ》みのなかったものだ。

おそらく仮装して歩く日なのだろう、と察しがついた。

去年もこんなふうに騒ぎを目にしただろうか。そんな気もするのだが、自分自身の記憶なのか、テレビで見たものだったのか、思い出せない。近頃は、去年どころか、昨日何をしたかもすぐに思い出せなくなっている。そうかと思うと、すっかり忘れていたはずの昔の出来事や光景がいきなり甦《よみがえ》ったりもするから不思議だ。何もかも夢のようにぼやけて感じられてくる。年月を重ねるとはこういうことなのか。

ハロウィンについて詳しく知りたかったが、これから図書館に行くのも面倒だし、図書館に行ったところで、ちょうどよく目にできるとは限らない。

ひとまず今日の日付を知ろうと思い、わたしは店内にあるだろうカレンダーを探す。ところが、窓になっていない、壁の部分に掛けられているのは、色彩豊かな絵ばかりだ。レジの中には時計があるが、日付はわからない。

眺《なが》めているうち、レジの前の透明のケースに入っている、不要になったらしいレシートの存在に気づく。今どきのレシートには日付が入っているはずだ。会計をする人の横で、一枚を覗きこんだ。文字が細かくて読みづらい。ぐっと顔を近づける。ようやく確認することができた。

10. 31

十月三十一日。その数字と響きに、わたしは何か心当たりがあるような気がする。心当たりと言っては変か。自分にとって、重要な意味がある日に感じられる。しかしわからない。誕生日は六月だし、言われているハロウィンなんて、参加したことがない。レシートから目を離して、しばらく考えつづけたが、思い当たるふしがない。引っかかっていて気持ちが悪いが、仕方がない。

また新しい客が入ってくる。若い男性だ。顔のところどころに赤い血のようなものがついている。思わず目を見張ったが、それも化粧らしい。ずいぶん悪趣味だ、と思いながら、その人の頭から足元まで観察する。黒い、マントみたいな服を着ている彼は、こちらを気にすることなく、レジの上にある飲み物のメニューを見つめている。他の客は特に彼に注意を払ったりもしていない。

時刻は夕方だ。まもなく夜がやってくる。おそらく夜になったらもっと騒がしくなるのだろう。せっかくなので行列を見ていくべきか、静かなところを探して移動するか、わたしは迷う。目の前の彼はまだ飲み物の選択に迷っているようだ。

数十年前、ここには路面電車が走っていたのだ、とわたしは思い出す。もう線路の跡も残っていないので、憶《おぼ》えている人はごくわずかだろう。行き交う人の多くにとっては、生まれる前の出来事に違いない。

路面電車は都内のいたるところを走っていた。わたしがよく使っていたのは、廃止になってしまう少し前の頃で、今と同じように、地下鉄や鉄道も走っていたが、わたしは路面電車が好きだった。確実に目的地に近づいていくのがわかるのがよかった。窓から見ていた看板や建物も、今はほとんど残っていない。チカチカと激しく光って大きな音を立てる駅前の看板も、当時はもちろんなかった。

今わたしがいるビルの隙間《すきま》、このビルたちだって、かつてはこんなに高くなかった。せいぜい三階か四階くらいだったはずだ。今は十階を超す建物が少なくない。お弁当箱におかずをぎゅうぎゅうに詰め込むようにして、建物ができていく。しかも横だけでは飽《あ》き足らず、どんどん上に伸びていって。

どこまで行けば人間の欲望は満ち足りるのか。時々、変化を続ける街の様子が、恐ろしくなる。もちろんわたしには関係のないことだろうが。

こんなふうになっても、恐ろしいものはいくつも残っている。むしろ増えているくらいかもしれない。目の前を楽しそうに歩いていく若者たちと同じくらいのときのほうが、怖いもの知らずだった。不注意なことを数多くした。あの夜みたいに。迷惑をたくさんかけてしまった。

仮装して歩いていく若者たちの中には、恋人らしき人々がよく見受けられる。顔を寄せ合って、自分に向かって携帯電話を向けている。携帯電話がカメラ代わりなのだろう。わたしは一度も携帯電話を持つことがなかったが、自分が若い頃に持っていたなら、ずいぶん便利だっただろう。

何度か、待ち合わせですれ違いになってしまった。わたしがバス停を一つ間違え、約束の時間に来ることができなかった。佐久田《さくた》さんの仕事が遅くなり、会えなかったこともあった。ああしたすれ違いもすべて、携帯電話があれば、解決できたはずだ。

佐久田さんはわたしの唯一の恋人であり、遠い昔の婚約者だ。働き出した職場で知り合った。彼が数年先輩だった。あまり口数は多くなかったが、心優しい人だった。

細い体型なのに健啖家《けんたんか》で、たまにうちにやってくると、母の作った料理をどんどん平らげるから、父を若いうちに亡くして、わたしたち姉妹を育てていた母は、食欲旺盛《おうせい》な男の人はいいわねえ、と笑っていた。母の唐揚げが佐久田さんの特別なお気に入りで、わたしも真似《まね》をして作って、お弁当に入れていったことがあるのだが、澄《すみ》ちゃんのお母さんの唐揚げにはかなわないなあ、と言っていた。あのときはつい機嫌を損ねて伝えそびれたが、帰ってから母に話したならたいそう笑って喜んだことだろう。

悲しい別れのあとも、わたしはこっそり、佐久田さんの様子を見に行った。彼は独身寮住まいだったので、交際しているときは中に入ることができなかったが、場所は知っていた。

一時期は意気消沈し、こちらの胸が痛んでしまうほど、やつれていたのだが、やがて月日が経《た》つうちに、彼は元気になっていき、新たな恋人を作った。知らないほうがいいと思いながら、それでもつい二人の様子を見に行ってしまう自分がいた。見られたのではないか、目が合ったのではないかと焦《あせ》ってしまうこともあったのだが、彼は元来鈍《にぶ》い人だ。結局気づかれることはなく、わたしはそれに安心したし、一方では激しく落ち込んだ。

新たな恋人は、わたしに少しだけ似ているような気がしたが、それはわたしの身勝手な願望だったのかもしれない。

佐久田さんの転勤が決まり、彼らはそれを機に結婚した、はずだ。結婚は転勤先でのことだから、わたしには知ることができなかった。ついていってみることも考えたが、知らずにいるほうがいいという誰かからのお告げのようにも感じられたから。彼らは幸せな結婚生活を送っているだろうか。子どもは生まれただろうか。佐久田さんに似たなら、背の高い子になったことだろう。

佐久田さんが元気ならば、もう七十半ばほどになるはずだが、正確な歳も誕生日も忘れてしまった。あんなに見つめていた顔すらも、ぼやけたようになってしまって、はっきりと思い浮かべることができない。いま目の前に現れても、わたしは彼を見逃がしてしまうことだろう。

胸を締《し》めつけるほどの記憶も、薄れていき、温度を失っていく。彼の中でも同じだろう。

毎日、あらゆる人を眺めてきた。その中で、恋愛で傷ついている人も数えきれないほど見た。周囲の視線も気にせずに激しく泣いていた人々も、おそらく今は、泣いたことなんてすっかり忘れて過ごしているのだろう。この瞬間にも、数えきれないほどの誰かの記憶が生まれては消えていく。人の命と同じだ。

高い笑い声をあげている集団の一人が、また自分たちの写真を撮るために携帯電話を掲《かか》げる。毎日のように写真を残せるというのも、わたしが若かった頃とはずいぶん違う。あの小さな機械には、どれだけの思い出が詰まっているのだろう。二人で山登りに出かけた日、佐久田さんが買ったばかりのカメラで写真を撮ってくれたことがあった。現像に出すと、ぶれているものが多く、見て笑い合った。

彼はわたしよりも機械音痴だったから、おそらく携帯電話を使いこなしたりはしなかっただろう。いや、でも、人は変わっていく。もしかしたら、孫の写真をたくさん撮ったりしているかもしれない。あの日の山のように。

そうか、目の前の人たちの中に、彼の子どもどころか、孫がいたっておかしくない。わたしはビルの隙間から出て、歩く人々に近づく。佐久田さんの面影《おもかげ》を残す人を探してみる。でもほとんどの人が化粧しているので、わからない。それにやっぱり、彼の顔ですら、しっかり思い出すことができないのだ。どんな男の子も女の子も、似ているような気がしてくるし、まったく似ていないような気もする。

路面電車が走っていた場所を、人々が通り過ぎていく。ずっと残るかのように思われていたものも、姿を消し、形を変えていく。街自体が誰かの巨大な記憶のようだ。

どうせ行く場所もない。わたしは行列に混ざってみることにした。彼らも目的地というのは特にないのだろう。どこから始まってどこで終わっているかわからないほど、人のかたまりは巨大なものになって、明るい夜を進んでいる。いつのまにか何人もの警察官が現れて、あまり広がらないでくださーい、と拡声器を使って呼びかけているが、まともに聞いている人はほとんどいない。警察官もまた、二十代くらいの若い人に見えるが、わたしにはもう、最近の若者たちの姿というのは、見分けがつかない。

今日観た映画の、妻のかつての恋人と弁護士も、もしかしたら、さほど似ていたわけではなかったのかもしれない、とふと思った。若く、また外国人だということで、わたしが区別できなかっただけかもしれない。

佐久田さんとはよく映画を観に行ったが、日本の映画ばかりだった。わたしは恋愛ものを好んだが、彼が観たがるのは喜劇ものばかりだった。わたしも嫌いではなかったが、似た印象ばかり受けるので、あまり熱心には行きたがらなかった。今思えば、もっとたくさん観に行っておけばよかった。一緒に行けなくなってしまうのだと知っていれば。今となっては、二人で観た映画より、一人になってから観た映画の数のほうがずっと多い。

人の波が途切れているところに適当に入った。初めてのハロウィンを体験してみようと思ったからだ。おそらく佐久田さんはやったことのないハロウィンとやらを。

近くにいる女性の集団はそろって、白い着物を身につけて（もっとも着物といえるほどしっかりしたものではなく粗末なつくりだ）、三角巾を頭につけている。幽霊の仮装ということなのだろうか。思わず笑いそうになる。

幽霊もそうだが、妖怪《ようかい》めいたものや、怖い仮装の人がずいぶん多い。そういう決まりなのだろうか、とじろじろと観察しつつ移動していたが、あるグループが、ちょうどハロウィンについて話していたので、耳をそばだてる。

「たっちゃんって留学してたんでしょ？　やっぱ本場のハロウィンは違うの？」

「いやー、おれがいたのはアメリカだから、別に本場でもないけどね。本場はヨーロッパのはず」

「そうなんだー」

たっちゃんと呼ばれている男性の言葉に、わたしもまた、そうなんだ、と声を出さずに納得する。

「これって、何が目的のお祭りなの？」

わたしが訊《たず》ねたかったことを、他の人が訊ねてくれる。いいぞ。たっちゃんの答えを、わたしも待つ。

「え、おれもよく知らない。でも確か、カボチャが魔除けなんじゃなかったかな。あの、顔くりぬいてるやつ」

「へー。あれ、いろんなお店に飾《かざ》ってあるよね。あ、ほら、あそこの窓にも」

一人が建物の窓を指さし、言う。どうやら飲食店のようだ。目と口を模してくりぬかれた、オレンジのカボチャが、窓の外に向かって置かれている。

「そうそう、あれが魔除けのはず。まあ悪霊払い的な祭りなんじゃない？　知らないけど」

「でも、悪霊払いするのに、自分たちが悪霊になってるのも謎だよねえ」

「確かに。じゃあ払うんじゃなくて、混ざって楽しもうってことなのかな。お盆みたいな？」

「どうなんだろうねー。ねえ、カボチャ食べたくなってきた」

「どこかお店入ろうか」

「入ろう入ろう。このへんにメキシコ料理のお店あったはず」

「いいね、おいしそう」

もう少しハロウィンについての会話を続けてほしかったのだが、仕方ない。わたしはまた移動し、他の人たちがもっと詳しい情報をくれないかと聞き耳を立てていたが、ハロウィンについての話は特にないようだった。

お盆みたいなものという言葉の真偽はわからないが、飾られているカボチャも、茄《な》子《す》とキュウリで作る精霊馬のようなものかもしれないとも納得してしまう。父を亡くしてからの母は、お盆の準備をしっかりとやっていた。

母はお盆だけではなく、お仏壇に対しても丁寧《ていねい》だった。毎日お供え物を欠かさなかったし、お花は枯《か》れる前にきちんと換えられた。熱心といっていいくらいだった。あの時期からはさらに。その様子は、見ているこちらを心苦しくさせた。

ただ、母にとっては孫となる、姉のところに生まれた子どもたちの面倒を見ているときは、大変そうだけれど楽しそうでもあった。わたしは子どもを持てなかったが、姉の子どもたちがいて本当によかったと思っている。わたしは何もしてあげられなかった。面倒を見てもらうばかりだった。

母について思いを馳《は》せると、泣きそうになるが、涙は出てこない。佐久田さんについてもずっと同じだった。声をあげて泣くことができたなら楽なのかもしれないが、楽になれないことこそが、わたしに科せられたささやかな罰《ばつ》なのかもしれなかった。

人々はしゃべりつづけている。何がおもしろいのかわからないが、ひたすらに笑っている子もいる。かつての自分を思い出す。澄ちゃんはよく笑うねえ、と言われたおぼえがある。母だったか姉だったか、佐久田さんだったか、友人だったか、あるいはいずれもだったか。

たっちゃんを含むグループが、かたまりを離れるのが見えた。メキシコ料理のお店に行くのだろう。わたしはメキシコにもアメリカにも行ったことがない。一度くらい外国に行ってみたかった。できなかったことは無数だ。これだけ過ごしてもまだ。

特に目的もなく歩くのにも、近くにいる若者たちの会話に耳を傾《かたむ》けるのにも飽きて、そっと移動する。疲れは感じていない。わたしは疲れることがない。

またビルの隙間に行き、自分が抜けた行列を眺めていたが、しばらく終わりそうにない。人は入れ替わっているが、さして変わり映えのない景色だ。

突如《とつじょ》、人々がひときわ大きな声をあげる。さっきまでのように楽しげなものではなく、困惑を含んでいる。雨が降り出したのだ。掲げられていた携帯電話がしまわれていく。頭の上に手をかざす人や、着ていた服をかぶる人。雨を受け入れるかのように、両手を空に突き上げ、上を向く人なんかもいる。

そろそろ移動しようか、と思う。またいつものように、誰かの家に行ってもいいし、どこか適当な建物で夜を明かしてもいい。さっきのように映画を観たっていい。昔と違い、夜を明かす方法はたくさんある。住んでいた家はとっくにない。どこにでも行けるが、どこに行きたいというわけでもないのだった。

「澄江《すみえ》さん、お久しぶりです」

突然名前を呼ばれ、驚きながら隣を見る。名を呼ばれるのは、ずいぶん久しぶりのことだ。若いスーツ姿の男性が、そこに浮かんでいる。わたしと同じように。

「探しましたよ、こんなところにいらっしゃったんですね」

彼の口調に、わたしはようやくいろんなことを思い出す。

十月三十一日。馴染《なじ》み深いはずだ。この日はわたしの命日だ。二十一歳だった。

あの夜。今と同じように、雨が降っていた。横断歩道の信号は赤だったが、普段、車の通りが少ない場所だったので、油断していた。確認もせずに走り出してしまった。早く家に帰りたかったのだ。トラックの運転手は、必死にブレーキを踏んだのだろうが、雨のせいもあって間に合わなかった。完全にわたしに責任があった。見知らぬ彼の人生も狂わせてしまった。転職して、二度と運転はしていないはずだ。もうあの人も死んでしまっただろうか。おそらく。もしもできるならば謝りたい。

「ついに五十年です。上に行きましょう」

「五十年」

「そうですよ。五十年ぴったり。もう延ばせませんからね」

五年ごとに迎えに来るこの人に、もう少し、もう少し、とお願いしていた。そういえば前回、最後の五年間ですよ、と言われていた気がする。

何をしたいというわけではなかった。しばらく前に母を亡くし、少し前に姉を亡くしてからは余計に。佐久田さんへの未練というのも薄れていた。ただ、見ていたかったのだ。変わっていく景色を、変わっていく人々を。

「わがままを聞いてもらっちゃって、ごめんなさいね」

わたしは言う。もうすぐ見納めだと思うと、目の前の、さっきまで飽きかけていた風景が、とてつもなく尊いものに感じられてくる。雨に戸惑いながらも、笑い合う若者たち。ここにいる人々は、いつかみんな死ぬ。必ず、例外なく。抱えている記憶も、ひとつ残らず、この世から消え去る。なんと儚《はかな》く、美しいのだろうか。

「ほら、見て」

わたしはさっき近くにいたグループを指さし、青年に言う。いや、おそらく、青年ではないのだろう。案内人の彼がどういう経緯でこの職についたのかはわからないが、わたしよりもずっと長くこの世を見てきたのだろうから。

「幽霊の恰好のつもりなのよ。本当はあんな恰好してる人なんていないのにね」

わたしは自分の身体《からだ》を見下ろす。事故に遭ったときに着ていた、白いブラウスと何種類かの黄色がまじった波模様のスカート。気に入っていた服だった。

「みんなに見せてあげたいわ。わたしの恰好を」

わたしの言葉に、案内人の彼は笑った。

「最初に血まみれの化粧してる人を見たときは、びっくりしちゃったわよ。幽霊を怖がらせるなんてやめてほしいわ」

しゃべりたいことがどんどん生まれてくる。案内人の彼はまた笑い、こちらの心を見透かしたかのように言った。

「おしゃべりは上でゆっくり聞きますよ」

「そうね」

おそらく「上」では、今以上に時間があるのだろう。いくらでも話せる相手がいる。佐久田さんも近いうちにやってくるだろうか。ああ、その前に、母や姉にも会いたい。父もいるだろうか。久しぶりに会うのは緊張する。一方では、目の前の風景をまだしばらく眺めていたいという名残惜《なごりお》しさもある。

誰かの分まで記憶しておいてあげたいが、失われるからこそ美しいのかもしれない。一日として同じ日はなく、一人として同じ人はいない。当たり前であると同時に、どんなに奇跡的なのかを、可能ならば、行きかう人たちすべてに訴《うった》えたいほどだ。わたしは失うまで気づけなかった。

「楽しかったわ」

わたしは言った。本心からこぼれた言葉だった。生きていたときも、死んでからも、楽しかった。

後悔はいくつも残っているが、後悔のない毎日だったのなら、逆にこんなにも楽しめなかったのかもしれない。強がりではなく思う。自分の不注意で、想像していた以上に多くの人を傷つけてしまったのは申し訳なかったが。

「よかったです、じゃあ行きましょう」

手をつながれた。誰かに触れるのは生きていたとき以来だ。誰にも触れることができなかった。あらゆるものが自分を素通りした。同じように死んだ人たちとも、目が合うことはあっても、話したり触れたりすることはできなかった。口の動きは見えたが、音だけは入ってこなかった。生きている人たちの会話は聴くことができたのに。ああ、これもあとで、いったいどういう仕組みなのか、案内人の彼に説明してもらわなければ。

「ありがとう」

わたしは案内人の彼に向けて、そして遠くなっていく、地上の、人々を含む景色に向けて言った。ありがとう。本当にありがとう。いい人生だった。

「ねえ、あそこ、光ってる！　人魂《ひとだま》？」

「えー、誰かのライトじゃない？」

最後に聞いたのは、幽霊の恰好をしたつもりの人々の会話だった。そして笑い声。
小さくなっていく幽霊たちに、見えないと知りながらも、わたしは手を振り、笑った。

# ハグルマ

目覚めると午後二時で、わたしは二十一歳になった最初の一日を半分以上失ってしまったことに気づく。

朝方まで眠れずに、まとまりのない思考をたぐり寄せてばかりいたせいだ。ほぼ一ヶ月泣いて暮らしていたから、さすがに涙はもう出なかったけれど、楽しい気分になるはずはなかった。

また、歯車を思う。うまく嚙《か》み合っていない歯車をイメージするようになったのは、泣いて過ごすようになったのと同時期だ。

今年は土曜である自分の誕生日に、大好きなバンドがライブをやる事実を、ちょっとした奇跡のように感じていた。

「絶対わたしのためだよね」

興奮して話すわたしに、博信《ひろのぶ》は、そうだね、と調子を合わせて笑っていた。チケットは彼がプレゼントしてくれた。大好きなバンドにも、大好きな恋人にも祝福してもらえた気になれた、あの瞬間にわたしの誕生日が来ればよかったのに、と思う。

幸福だった。改めて意識もしないほど、存分に幸福さを浴びて、ただただ笑っていた。

あの日、七号館三階での授業に、エレベーターや中央階段を使わずに、一人で西階段を使って向かったのは、断じて予感めいたものではなかった。むしろあらかじめ気づいていたら、避けていただろう。

西階段は高いところに窓があるものの、ほとんど陽《ひ》は差しこまない。人がいないから、余計に暗い印象だ。同じ授業を受ける予定の博信に、メッセージを送っていたけれど、返信が来ていなかった。また遅刻するのだろうかと考えながら、階段を一段ずつのぼっていた。

ちょうど角を曲がり、二階と三階のあいだの踊り場で、抱き合っている人たちを見つけたとき、驚きで身体が揺《ゆ》れた。そんな光景に遭遇するとは予想外だった。幸い抱き合っている二人は、こちらにまだ気づいていないようだったので、こっそり中央階段に移動しようと思った。サンダルのヒールが、なるべく音を立てないように気をつけながら。

ところが、離れられなくなった。抱きしめている側の男の人が、知っている人だったから。とてもよく知っている人。

顔は角度的に見えないけど、髪型も、モスグリーンのTシャツも、ジーンズも、黒いスニーカーも、なにもかも見覚えがあった。ありすぎて倒れそうだった。

わたしはおそるおそる名前を呼んだ。

「博信」

恋人の名前を呼んだ声は、自分でも驚くほど震えていて、情けなかった。

わたしの言葉に反応して、彼らは身体をびくつかせたようにして離し、こちらを見た。

人違いだったらいい、と思っていた。願っていた。彼がわたしと、しっかりと目を合わせるその瞬間まで。

博信は階段を急いで降りてきて、わたしの肩に手を置こうとした。わたしはそれを、思いきり振り払った。女の子がその場で立ちつくしているのはわかったけど、顔はよく見えなかった。どうやらわたしの知らない子だというのはわかった。

わたしは無言で階段を降りた。手も足も震えていた。自分の足元ばかり見ていた。ヒールがやけに音を立てるので困った。彼は黙ってついてきた。ついてこいなんて、頼んだ覚えはないのに。

七号館を出ようとしたときに、今度は腕をつかまれた。

「やめてよ」

わたしは言い、また思いきり振り払った。次の授業のためか、七号館に入ってくる学生が多くいた。みんな自分よりずっと楽しそうに、そして幸せそうに見えた。何人かは、こちらを見ているようだった。誰にも見られたくなくて、わたしは早足になった。外はとても明るくて、それが理不尽に感じられた。どうして明るいのだ、と謎《なぞ》の怒りをぶつけてしまいそうだった。

「奈未《なみ》」

博信がわたしの名前を呼んだ。

名前を呼ばれるのが好きだった。けれど今、彼がわたしの名前を口にすることは、憤《いきどお》りを膨張させることに他ならなかった。呼ぶ権利なんてない、と思った。

彼が再びわたしの肩に手を置いて、わたしは立ち止まった。

「聞きたくない」

振り向かずに言った。やっぱり、声は震えていた。

肯定も否定も、言い訳も謝罪も、何も聞きたくなかった。さっきの光景を、記憶から消せるスイッチがあればいいということばかり考えていた。

「ごめん」

「聞きたくないって言ってるでしょう」

叫《さけ》ぶような言い方になってしまった。他の人たちが、こちらを見たのがわかった。恥ずかしさと苦しさで、消えてしまいたかった。泣きそうだった。

「ちゃんと話したい」

「ちゃんとって」

わたしは自転車置場のほうに向かった。電車通学しているので、自転車を停めていたわけではない。ただ、人が少ない場所に行きたかったのだ。

自転車置場の隅まで来て、わたしは立ち止まり、ついてきた博信のほうを向いた。

博信は、明らかに困惑していた。眉間《みけん》に皺《しわ》を寄せて、不安そうな顔をしていた。情けなくもあった。

この人、こんな顔をしていたっけ、とわたしは思った。

建物や名前のわからない木の陰になっているため、陽射しは感じずに済んだけれど、暑さを避けるには限界があった。彼の顔にはうっすらと汗が滲《にじ》んでいた。彼の輪郭をなぞるように、汗が、つー、と流れるのを見た。

「ごめん」

言われた次の瞬間、わたしは生まれて初めて、他人の頰《ほお》を叩《たた》いた。予想に反して、鈍《にぶ》い音がした。


コンビニで買ったばかりのパスタサラダは、やけにバジルの味が強いわりに、塩気が少ない。トッピングされている、トマトも味が薄い。

これが二十一歳になってはじめての食事か、と意識してみると、ますますおいしくないものに感じられてしまう。何も考えないようにして、プラスチックの白いフォークで、パスタサラダを口へと運んでいく。

回らない歯車、だ。

友だちのサークル仲間として知り合った、一つ下の女の子である彼女は、恋人がいてもいいと博信に告げたのだそうだ。時々会ったりできればそれでいいのだと。だから、うっかり、魔が差したのだと言った。

うっかり。

その言葉にどれだけ真実味があるのか、わたしには判断しかねた。もう絶対に会わない、好きなのは奈未だけなのだ、と伝えてくる博信の口調は、確かに切実さを帯びていたけれど、自分が見た光景を帳消しにできるわけではなかった。

二年付き合っても、別れるときはあっけないのだなと思った。二人でエネルギーを費やし、積み重ねて固めていったものであっても、崩《くず》れるのは一瞬だ。

人生で最初の恋人だった。何もかもが初めてで、楽しくて仕方なかった。周囲があまりに輝いて見えて、今まで彼と出会わずにいた期間は、なんだったんだろうと思えてしまうほど。

時々、朝方に散歩に出かけた。たいていは彼の部屋に泊まりに行ったときで、もともとはコンビニに飲み物を買いに行ったのがきっかけだった。散歩しようよ、とわたしが言うと、どこか不思議そうに、それでも、いいよ、と受け入れてくれた。

いいよ、という言葉ばかり耳にしていた。いやだとか駄目だとか、そうしたことを博信はほとんど言わなかった。少しくらいのワガママなら、笑って受け入れてくれた。

明け方の町には、ほとんど人はいなかった。国道沿いまで行って、手をつないで、明るくなっていく町を見ていた。道を行き交う車は、多くがタクシーで、まるでそれぞれの会社がチームを組んで、ゆるやかなレースをしているかのように見えた。

散歩に向いている季節というのはほとんどない。冬は寒いし、夏は暑いからだ。気温について文句を言いながらも、それでもわたしは博信と歩くのが好きだった。

わたしはフォークを置いた。空っぽになった透明の容器には、バジルソースの嘘《うそ》っぽい緑が残っている。

彼のことを、嫌いになったというのではなかった。嫌いになれたほうが楽だとわかっていたけど、望んで選べるものでもない。

そのまま仰向《あおむ》けになった。腕や足を広げようと思ったが、ローテーブルや壁が邪魔をして、大の字にはなれない。

ここに博信が来ることは二度とない。彼が置いていたわずかな荷物は、すべてまとめて、学校で渡した。

もう本当にダメなの？

そう訊《たず》ねてきた彼の表情をはっきりとおぼえている。ダメじゃないと言えたら、どんなによかっただろうか。うまく答えることができなかった。

この部屋には引っ越してきたばかりだ。わたしの通う大学は、一・二年次と、三・四年次で、キャンパスが変わる。キャンパス同士の距離は、電車で一時間ほどだ。前の部屋は、二年次までのキャンパスに近く、新たな校舎に通うには不便だった。

博信のように、二つの校舎の中間地点あたりに借りるという選択肢もあったけれど、わざわざ近所に住まなくても、どちらかの部屋に泊まったりすればいいという結論を出していた。女子限定だった前の部屋と違い、今の部屋は、管理人さんもそううるさくはなさそうだったし。

不動産店は、上京した母とともに回った。部屋の写真を撮っては、博信に送っていた。なんかおれも一緒に回ってる気分、という返信が来るほどたくさん。引っ越しを終え、さっそくやってきたときにも、初めて見る感じがしないな、と笑っていた。

あのとき目撃しなければ、たった今、隣には彼がいたのだろうか。コンビニなんかじゃなくて、もっとおいしいお店で、おいしいものを食べて、誕生日おめでとう、と祝福してもらえたのだろうか。

恋人を失った翌日に、楽しみにしていたライブの予定も失うこととなった。バンドメンバーの一人が、別のライブ会場で骨折してしまったのだ。ライブの振り替えは、早くても、二ヶ月ほど後になると発表された。

歯車という言葉を思ったのは、そのときだ。自分が恋人と別れてしまったのと、バンドメンバーが骨折してしまったのは、まるで無関係のはずなのに、わたしがボタンを掛け違えてしまったかのような錯覚におちいった。

閉めている薄いカーテン越しに、光が差しこんでいる。光のほうへと手を伸ばす。特別温度が高いということもない。まだ夏は始まったばかりだというのに、早くも少し灼《や》けている手首の上に、光の線が引かれる。

この一ヶ月、悲しんでいないつもりでも、ふとしたときに涙が出るのでびっくりした。

学校でテストを受けているとき。コンビニでおにぎりを選んでいるとき。着ていく洋服を選んでいるとき。

特に博信のことを考えているわけじゃないのに、いきなり涙が出た。流れはじめるとなかなか止まらず、自分の目が、壊れた蛇口みたいに思えた。

数日ほど前から、涙は落ち着いたようだ。突然流れることもなくなったし、博信のことを考えていても、胸が詰まる感覚で苦しくはなるものの、泣いたりはしない。

こうして少しずつ馴染《なじ》んで、戻っていくのだろうと思う。彼と付き合う前の自分に。彼がいなくても平気なわたしに。

植物柄のラグの上に寝ころんだまま、壁掛け時計で時刻を確認する。三時に向かって進みつづける針。

まるで計画どおりにはいかない。昨夜、眠れない頭で、ぼんやりと今日の予定を立てていた。一人でもしっかりと過ごすために、起きてから買い物に出かけて、自分の好きなものばかり料理しようと思っていた。グラタンとか、生春巻きとか、カプレーゼとか。取り合わせなんて無視して、量も余るのを前提で、ひたすらに自分が望むものを食べたかった。小さなワインとか、フルーツなんかも買ってこようかと企《たくら》んでいた。あと普段は高くて買えずにいる、海外のチョコレートとか。それからおもしろそうな映画を探して、暗くした部屋で観ようと思っていた。映画が好きじゃない博信に合わせて、最近では観る機会もだいぶ少なくなっていた。高校時代は、友だちと映画感想ノートを書いて交換するくらいハマっていたのに。

起きて、午後二時を確認した瞬間、それらの計画は、砂みたいに形なく崩れ落ちた。いや、実行しようと思えば、できたのだと思う。今からだって構わないのだ。だから崩れ落ちたのは計画じゃなくて、わたしのやる気だったのかもしれない。

昨日までの自分が立てた予定なんて、すべてどうでもよく感じられた。目の前の空腹を満たすために、汗をシャワーで軽く流し、顔を洗って歯を磨いてコンビニに出かけ、目についたパスタサラダをＩＣカードで購入しているとき、昨夜見つけ出そうとしたほのかな光は、遥《はる》か遠くに去っていた。

二十一歳の誕生日は一生に一度だけど、それを言うなら、二十一歳の誕生日前日だって、二十一歳の誕生日翌日だって、一生に一度だ。そんなことを思ってみるも、強がりにしかならないと、何より自分自身が一番よく知っていた。

これから残りの時間を、どう過ごすべきか。

今からスーパーに出かけ、大量の食材を買いこみ、料理をするという選択肢も残されている。残されてはいるが、たいしておいしくないパスタサラダで満腹になったせいで、選ぶ可能性はとても低くなっている。

同じ体勢にだるさを感じて、寝返りを打つ。玄関につながるドアや、部屋の大部分を見渡せる形だ。昨日学校から帰ってきて着替えたままの、洋服が散らばっている。つい最近まで書いていたレポートのための資料も積み重なっている。夏休みに入る前に返しておかなければ。

このまま数時間過ごすなんて、実にたやすいと思った。だからこそ立ち上がらなければいけないとわかるのに、身体が重たい。エアコンの微風を身体全体で受け止めながら、このまま朽《く》ち果てていくことさえできそうだ。

誕生日、か。

去年の誕生日は、博信にお祝いしてもらった。学校を休んで、二人でディズニーランドに出かけた。チケットを買ったときに、誕生日なんです、と伝えると、名前が入ったシールをもらえた。HAPPY BIRTHDAY の文字と、キャラクターの絵と、なみちゃんの文字が、気恥ずかしく、そして嬉《うれ》しかった。シールをつけて園内を歩いていると、すれ違うキャストから、ハッピーバースデー！　と声をかけられた。人に囲まれていたキャラクターも、わたしの胸元を指して、拍手を送ってくれた。

「シールのことなんてよく知ってたね」

食事をとりながら言うと、博信は得意げになった。

「なんでも知ってるよ。ディズニー王だからね」

「来たの、数年ぶりって言ってたじゃん」

「実はこないだ調べた。せっかく誕生日だしと思って」

「そうなんだ。ありがとう」

「なーみんのためならいくらでも調べるよ」

聞き慣れない呼び名と、恥ずかしくなってしまいそうなセリフに、思わず笑った。言っている博信も笑っていた。

バカみたいに幸福だったあのときのわたしたちを、今すぐに忘れ去ってしまいたかった。踊り場の光景なんかよりも、よっぽど鮮烈で残酷だ。

閉園ぎりぎりまで過ごしたディズニーランドは、ずっと夢の中のようだった。楽しい音楽とともに、光り輝いているパレードは、信じられないくらい綺麗《きれい》で、日本中のあらゆる願いを具現化しているみたいだった。

次はハロウィンかな、と話していたのに、いつのまにか季節は過ぎてしまい、結局あれが、二人で行った最初で最後のディズニーランドだ。トイ・ストーリーのシューティングで、次こそは二人揃《そろ》って高得点を出すという目標も、もう叶《かな》わないものとなってしまった。嘘にする気なんてなかったのに。わたしも、たぶん博信も。

一昨年の誕生日は、どうしていただろうか。

わたしは背中に薄い痛みを感じながら、記憶を引き寄せようとしてみる。一昨年。十九歳の誕生日。

ちょうど博信と付き合いはじめたばかりで、けれど確か博信は、実家に帰らなければいけない予定があったから、前日に祝ってもらったのだ。当日は……。

思い出したとき、そうだ、と声をあげそうになった。「センチュリー」のみんなに祝ってもらったのだ。

「センチュリー」は、わたしが数ヶ月前まで勤めていた古本屋で、中古ＣＤやゲームといったものも取り扱っている、それなりに大きな店舗だ。同じ路線内に、二つほど支店もある。

仲のいい先輩が、彼氏いないなら飲もうよ、と誘ってくれて、最初は三人ほどで飲みはじめたのが、「センチュリー」の閉店時刻を過ぎてからは、店長を含めた全員がやってきてくれた。時間が経つうちに、もはやわたしの誕生祝いということは関係なく、ただの飲み会になっていたけれど、おめでとうと言ってもらい、飲み会を予定していなかった人たちから、バッグの中から出てきた飴《あめ》や栄養ドリンクを、これプレゼント、と渡してもらうたびに、大笑いした。

初めてのバイト先が「センチュリー」で、本当によかったと、今でも思う。さすがに通勤の不便さを思い、引っ越しとともに辞めてしまうことになったが、あそこでたくさんの人たちに出会えて、いろんな経験ができて、よかった。

つい数ヶ月前までのバイト仲間の顔を思い浮かべていき、及川《おいかわ》さんの顔を浮かべたところで、映像を止める。

フリーターである及川さんは、わたしが勤める数年前から「センチュリー」で働いていた、バイトの中でもかなり古株の存在だ。いつも穏やかに話し、どんなに忙しいときでも、どんなに理不尽な目にあっていても、彼が声を荒らげるのを見たことがない。

思いのほか覚えるべき項目が多かった最初の時期を、なんとか乗り越えられたのは、彼のおかげだった。彼が昔使っていたというメモ帳を貸してくれて、何度も同じ質問をしてしまうわたしに、けしていやなそぶり一つ見せず、優しく応対してくれていた。

及川さんの、隅《すみ》がすりきれたメモ帳の文字は、綺麗ではないけれど、とても丁寧に、ほとんどが同じ大きさで書かれていて、彼の人柄そのものを表すかのようだった。

彼はずっと、バイト先のよき先輩で、もっと近づくこともできたのかもしれないけど、わたしは選べなかった。

一年ほど前だ。普段は四人ほどいる遅番は、なぜかその日はわたしと及川さんだけで、彼は閉店後の必要最低限の手伝いだけを終えたわたしに、帰っていいよと告げた。

言葉に甘え、着替えを終え（といってもエプロンを外し、靴を履きかえるくらいだった）、そのまま出ようとすると、雨が降っていたのだ。どうりでお客さんが少なかったのかと納得するのと同時に、傘を持っていないのに気づいた。

店には置き忘れられたまま、持ち主不明となってしまったビニール傘がたくさんある。すぐに戻ったわたしに、及川さんは、忘れ物？　と訊ねてきた。

「雨降ってるんですけど、傘がなくて」

「ああ」

レシートをまとめる作業をしていた及川さんは、納得したように言った。もう既《すで》にほとんどの照明が消されていて、暗い中で微笑《ほほえ》む眼鏡姿の彼は、いつもよりも少しだけ疲れて見えた。

「おつかれさまです」

ビニール傘の一つを無作為に抜き出し、再び外に出ようとしたわたしに、及川さんは言った。

「あのさ」

「はい」

すぐ答えたけれど、返事はすぐには戻ってこなかった。聞こえていないのかと思ったが、彼はまっすぐにわたしを見ていた。わたしは首をかしげた。

「いや、ごめん、やっぱりいいや」

「えー、なんなんですか。言ってくださいよ」

てっきり注意されるものだと思っていた。気づかないところで、おかしたミスがなかったかどうかを考えていた。

だから向けられた言葉は、まるで予想外だった。口調はいつもどおり、穏やかなものだったけれど。

「おれ、奈未ちゃんのこと、好きなんだよね。別に、今言うことでもないんだけど」

「えっ」

好き、というのがどういう意味なのか、まだその時点では測りかねた。バイトの後輩として、ということなのか。だとしたら、わざわざここで伝えるだろうか。さらに速く回転しはじめた頭の中を覗《のぞ》いたみたいなタイミングで、及川さんは付け加えた。

「彼氏いるのも知ってるし、ただ伝えたかっただけなんだ。ごめん」

つまり。

目の前で冷静な様子で閉店の片づけをする及川さんという存在と、告白という状況は、まるで結びつかなかったが、彼の言葉だけを読み取るなら、間違いなくそういうことだった。

何も言えずにいるわたしに、彼は言った。

「ごめんね。おつかれさま」

柔らかな声。

「おつかれさまです。あの、ありがとうございます。おつかれさまです」

動揺のあまり、せっかく手にした傘を広げることを、しばらく忘れてしまうほどだった。告白したのはわたしのほうだったのかもしれないと思うほど、鼓動が速かった。家に帰ってからもなかなかおさまらなかった。

次にバイト先で顔を合わせたとき、彼はいつもと何一つ変わらなかった。あまりに変わっていなさすぎて、雨の日の夢だったのかもしれないと思うほどだった。実際、バイトを辞める日になっても、彼はずっと同じ態度だった。おかげで、告白された事実から、しばらく遠ざかっていた。

もし博信と付き合っていなければ、及川さんを好きになったのかな、と告白された直後は考えていた。すぐに考えなくなったのは、博信という存在がいたからだ。

博信との歯車が噛み合わなくなったのは、一瞬の出来事だった。何かが大きく変わってしまうのに、必ずしも長い時間が必要なわけじゃないと思い知らされた。

それならば、逆もまた同じかもしれない。たとえばわたしがアクションを起こせば、それがまた歯車の動きにつながる可能性だって、充分にあるはずだ。

二十一歳の誕生日。この記念すべき日のうちに。

塗ったばかりのラメ入り水色のマニキュアが、はがれてしまわないように、気をつけながら電車に乗っている。

次の駅だ、と思うだけで、緊張してしまう。別にどうってことないはずなのに。いつでも遊びに来てね、とみんな言ってくれていたし、何もこれから強盗するってわけでもないのに。

同じ駅で降りる人たちが、みんな後輩に見える。実際に、このうちの何割かは後輩なのだろう。

爪が触れないように、バッグの中からパスケースを取り出し、ＩＣカードをタッチして改札を出る。たかだか数ヶ月ぶりなのに、ずいぶん懐《なつ》かしい光景だ。

線路沿いの道を歩いて、一度だけ左に曲がると、ビルの一階と二階に「センチュリー」はある。外から中の様子を窺《うかが》おうとするが、大量の本でガラスの窓の大部分がさえぎられていることもあり、店員の姿は見つけられない。

夕方五時を回っても、空はまだ明るい。夜なんてまだまだ訪れないかのように思える。夏だ。

シフトが六時までの人がいるはずだ。もしその中に、仲のいい人がいたなら、近くの居酒屋で飲んで、遅番の人が終わるのを待とう。いなかったなら、ファミレスかどこかで待ってもいい。その事態も予測して、読みかけになっているミステリー小説を、バッグに入れてきたのだった。

ただ、及川さんが休みだったら、どうしようもない。

彼が出勤していますように、と思いながら、覚悟を決めて、自動ドアで入る。いらっしゃいませ、と声が向けられる。女性の声だ。確認すると、そこにはしばらく一緒に仕事していた先輩がいた。

「奈未ちゃん！　どうしたのー」

近づいてきてくれた彼女が、とても嬉しそうで、わたしの緊張は和《やわ》らぐ。

「遊びに来たんです」

ちょうど暇で、と付け足そうとしたところに、さらに別の女の子がやってきた。わたしが辞める一ヶ月ほど前にバイトを始めた子だ。わあ、久しぶり、と声をかける。

「お久しぶりですー」

挨拶《あいさつ》を返してくれた彼女もまた、微笑んでくれる。わたしは二人の顔を見比べるようにして訊ねた。

「みんな、元気してます？」

「元気元気。特にマイはね、元気だよねえ」

「ちょっと、言わないでくださいよー」

後輩の子がやりに慌てだす。そうだ、マイと呼ばれていた。確か下の名前が、マイミだったかマイカだったか。

「いいじゃなーい。あのね、この子、及川さんと付き合い出したの」

「えっ」

「言うの早すぎですよー」

「めでたい話なんだから」

「だからって突然すぎですって」

言葉に反し、マイちゃんは喜んでいるみたいだった。どうやら冗談ではなさそうだ。

「あ、噂《うわさ》をすれば、彼氏」

ちょうどレジの方向から歩いてくる人がいて、それはまぎれもなく、及川さんだった。少し離れた場所から目が合ってしまう。わたしは必死に、微笑みを作ろうとする。自分が今、どんな顔をしているのかわからない。

「奈未ちゃん、久しぶり」

眼鏡の奥の目が細くなる。穏やかな口調。

「お久しぶりです」

大丈夫。普通に話せている。

「どうしたの？　遊びに来てくれたの？」

「そうなんだって。あ、せっかくだからこのまま飲みに行く？　わたし、もうすぐあがりだし」

「ごめんなさい。これから予定あるんです。少し立ち寄っただけなんで」

早口になってしまった。それでも不自然ではなかったようで、誘ってくれた先輩は、えー、と残念そうな顔をしただけだった。

「残念です。また来てくださいね」

マイちゃんが言い、及川さんが頷《うなず》く。歳《とし》の差はそれなりにあるのだろうけれど、ずいぶんお似合いだ。

「会えてよかったです。また」

及川さんが休みのほうが、ずっとよかった、と思う。

時おり携帯電話の地図で確認しているから、方向は間違っていないはずだけれど、行けども行けども見知らぬ住宅街で、不安になってしまう。

どこかの家の中で、犬が吠《ほ》えている。甲高い声は、小型犬だろうか。わたしのほうがよっぽど吠えたい気分だ。

いつのまにか周囲は暗くなっている。歩き方が変なのか、つま先やふくらはぎよりも、土踏まずに鈍い痛みがある。

わたしは右手の親指で、右手の人差し指をなぞる。あんなに気をつけていたはずなのに、いつのまにかどこかにこすれてしまったのか、ラメ入り水色のマニキュアが醜《みにく》く削れてしまっていたのには、さっき気づいた。触れてみても、へこんでいるのがわかる。

一軒の家の前で立ち止まる。表札の苗字に覚えはない。ただ、軒先に植えられている花は知っている。

ゼラニウム。

暗い中でも、ピンクと赤のそれらは、はっきりと美しく咲いている。少しずつ異なるグラデーションで、自分を誇示するように咲く花。びっしりと敷き詰められたような花のあいだから、深緑の葉が覗いている。

実家で母が育てていた。綺麗でしょう、と。実家のゼラニウムは、いまこの瞬間にも咲いているだろうか。

博信は、花の名前を全然知らなかった。夾竹桃《きょうちくとう》もミモザも、わたしが教えて知った。ゼラニウムの名前を口にしたことがあったかは思い出せない。

でも逆に、博信から教えてもらったことも、たくさんある。たとえばサッカーの細かなルールとか。『レベルE』のおもしろさとか。

及川さんから習ったことだって数知れない。あの人がいなかったら、わたしはとっくにバイトを辞めていただろう。

きっと気づかないところで、気づかないうちに、教えてもらったことがたくさんある。あるのだと、今は信じる。

そうしないと、無駄になってしまう。

無駄じゃないのだと思いたいのだ。こうやって、家までの長い道のりを、電車じゃなくてあえて歩いて帰っている二十一歳の誕生日が、ちっとも無駄ではなかったと、いつか笑えるようにならなきゃいけない。絶対に。

見知らぬ家の、見知らぬゼラニウム。もう二度と会わないであろうそれらに、心の中で別れを告げし、わたしはまた歩き出す。歯車を動かすために。

# 二十七歳

「あ、来た来た」

向かいに座っている男友だちの声に、わたしは首を動かし、入口のほうを向いた。ちょうど一人の男性が、こちらに向かって歩いてきている。背が高い。男友だちに対して軽く手を上げ、目が合ったわたしに対して、わずかに頭を下げた。

「はじめまして、浅田《あさだ》です」

そう名乗りながら、わたしの隣に座った。六人掛けのテーブル席は、既《すで》に五人が着席し、そこしかあいていない。

「はじめまして、山崎《やまざき》です」

わたしも名乗った。わたし以外の友だち四人は、浅田さんと面識がある。浅田さんの勤務先がここから近く、今日はちょうど休日出勤してるはずだから呼ぼう、という流れになったのだ。予想に反して、浅田さんはシャツにジーンズというカジュアルな格好《かっこう》をしている。

「仕事終わったの？」

おしぼりを持ってやってきた店員に向け、生ビールを注文した浅田さんに、一人が訊《たず》ねる。

「なんとかね」

そう答えながら、おしぼりで両手をふいている。ネット関係の仕事をしている、というのはさっき誰かから聞いていた。

「もともと何つながりなんですか？」

今度は浅田さんがわたしに訊ねてきた。

「最初は別の友だち経由で、ボードゲーム会に誘ってもらって、ここの夫妻と知り合って、それから飲んだりするようになって」

「あ、ゲーム会なんだ」

「そうそう。でも最近やれてないよね」

「やりたいねー。新しいの買ったし」

「どういうの？」

「六人までプレイできる対戦型で、基本は街づくりなんだけど、建物作って点数稼《かせ》いでもいいし、他の人と領土争いしてもいいし、勝ち方がいろいろある感じで」

「ああ、おもしろそう」

浅田さんが熱心に話を聞いているので、わたしは、ボードゲームやるんですね、と言った。

「うん。ここのところあんまり行けてないけど」

「こいつ、趣味多すぎなんだよ」

「そうなんですか？」

「そんなことないって」

わたしの質問と、浅田さんの否定のタイミングが、完全に重なり、少し笑った。

「多いよ。ボードゲームもテレビゲームもやるし、フットサルやるし、サッカー観戦も行きまくってるし、冬はスノボだろ？　全然休んでないじゃん」

「あと最近、ゴルフ始めた。まだ打ちっぱなしくらいだけど」

「それは多いと思う」

わたしは言った。そうかなー、と答えつつ、浅田さんは、運ばれてきたばかりのビールを飲む。

「気が多いんだよ。女の子に対してもだからね。史佳《ふみか》ちゃん、気をつけたほうがいいよ」

友だちにそう言われ、わたしは咄嗟《とっさ》に、そうなの？　と答えた。浅田さんの見た目は地味なタイプだ。目が細く、鼻も口も小さめで、あまり強く主張するパーツを持っていない。穏やかな雰囲気で、女性をとっかえひっかえするようにはとても見えない。

「ちょっと、初対面の人に印象悪くするのやめてくれよ、ほんと」

「嘘《うそ》じゃないじゃん。全然長続きしなくってさあ」

「たまたまだよ」

否定の仕方から、恋人と長続きしないというのは真実らしいと察した。意外だなと思ったし、背景や理由について、もっと詳しく聞いてみたい気がした。

友だち夫婦の家から最寄りの駅まではだいたい十分ほどで、浅田さんとわたしはその道のりを、並んで歩いている。

「楽しかったね、ゲーム」

「楽しかったですね」

わたしは答え、特に気にいったボードゲームの名をあげる。浅田さんは、うん、あと俺、あれも好きだったな、と別のボードゲームの名をあげる。よくできてましたよね、とわたしは言う。

浅田さんと会うのは二度目で、半月ぶりだ。初めての飲み会のあとで、友だち夫婦が、久しぶりにやろうと、さっそくボードゲーム会を企画したのだ。

「別に敬語じゃなくてもいいよ。歳、二つ違いだっけ」

浅田さんが言った。

「多分。わたし、今年二十五になったんで」

「あ、じゃあ二つだ。俺は二十七だから。ジミヘンとジム・モリソンとカート・コバーンが死んだ年齢」

「なんなんですか、その憶《おぼ》え方」

「知らない？　ロックスターは二十七歳でよく死ぬっていう」

「へえ。じゃあわたしも再来年だなー。死なないけど」

「うん、死なないで」

浅田さんはちょっと笑い、わたしもちょっと笑った。

「あいつら、まだやるのかな。元気だよなあ」

あいつら、がロックスターではなく、友だち夫婦の家に残ったメンバーを指しているのだと気づくのに、一瞬のまがあった。近所だから自転車で来ているという人や、明日は予定がないから始発まで遊ぶという人ばかりで、意外にも参加者のうち、終電で帰ると言い出したのは浅田さんとわたしだけだったのだ。

「ね、元気。確かに楽しかったし、やりたかったけど」

「残らなくてよかったの？」

「うん。明日、実家からお母さんが東京に来ることになってて。浅草《あさくさ》観光する予定なんです」

「へえ。実家、どこなの？」

わたしは地元の県名を伝えた。浅田さんは、学生時代に温泉旅行したことがあると言ったが、そこはわたしの住んでいた市からは少し離れた場所だった。

「浅田さんはどこ出身なんですか？」

「東京。っていっても、東京のはずれだけど」

彼は実家の最寄り駅を言った。確かに都内とはいえ、遠いイメージのある場所だ。

「わたし、行ったことないかも」

「まあそう行かないよね。行くときは言って。案内するから」

「じゃあ言いますね」

「絶対来ないでしょ、今の言い方」

「うん、行かないだろうなあって思いながら言っちゃった」

「やっぱり」

わたしたちは笑った。

あと少しで駅までたどり着く。気温のちょうどよさだけではなく、本当はもう少し歩いていたいなと考えていた。さっきまでのゲームの楽しさが、まだ熱になって体内に残っていて、隣にいる浅田さんと、それを分かち合っていたいという感覚だった。

いつもの沖縄料理店に、浅田さんは珍しく、わたしよりも先に到着していて、既に泡盛を飲んでいた。彼の向かいに座って、おお、と言った彼と目が合ったときに、これからどんな話が始まるのか、わかってしまった気がした。

いや、実際はもっと前から予想していた。昨日の電話で、ちょっと話したいこともあるし、と浅田さんが言ったとき。会う頻度が以前に比べて減ったと感じたとき。態度がやけに冷たかったり優しかったりすると気づいたとき。彼の洋服からほのかに漂《ただよ》う、わたしのじゃない香水のにおいを嗅《か》ぎわけてしまったとき。

わたしはレモンサワーを頼み、軽く乾杯《かんぱい》をして、海ぶどうやゴーヤチャンプルーをつまんだ。いつもどおりでいなきゃいけない。わたしも彼もそう思っているのがわかって、悲しかった。

「あのさ」

浅田さんが言う。わたしは、うん、と続きを待った。

「……なんか、社内でフットサル大会やることになって。最近配属された上司の気まぐれなんだけど」

「えー、大変だね。いつ？」

「来月だって。結構朝練に駆《か》り出されたりしてて。俺はまあもともと好きだからいいんだけど、運動経験ないやつなんかもいるから、地獄だよなあ」

したい話は絶対にこれじゃないのにな、とわたしは思うが、浅田さんはもっと思っているに違いない。つらいね、とわたしは相づちを打つ。運動経験のない同僚に対してではなく、自分に向けての気持ちだった。浅田さんは気づかないだろう。

今日わたしが、上下揃《そろ》いの、白いレースがついた水色の新品の下着を身につけていることも、浅田さんは当然気づいていないはずで、おそらく今日気づくことはないのだろうと考えると、自分がひどく滑稽《こっけい》な存在だ。わたしたちは、もうしばらくセックスしていない。

それから浅田さんは、毎日のようにニュースで取り上げられている、一家殺人事件や、最近売り出されたばかりのゲーム機についての話なんかをした。わたしも、同僚が最近猫を飼いはじめたということや、数日前から始めたアプリゲームのことなんかを話した。どれも話したいことではなかったが、浅田さんの本当に話したいことは、わたしの本当に聞きたくないことだから、ずっとマシだ。

お酒のグラスだけがあいていき、店員がラストオーダーを取りにきた。わたしはこの店で時々頼む、サーターアンダギーを頼もうとしたのだが、満腹なので食べきる自信がなく、おそらく浅田さんも食べないだろうと思ったので、〆のお茶だけを頼んだ。あたたかいお茶を飲みながら、これから始まるんだったらいいのに、と思った。初めて出会ったのは居酒屋だった。六人で飲んだ。あのとき、わたしは浅田さんのことを何も知らなくて、好きでもなんでもなかった。今、わたしは浅田さんのことをたくさん知っていて、とても好きだ。だけどもう終わりにしなくてはならない。これから終わるんじゃなくて、また始まるんだったらいいのに。

会計を持ってきた店員に、浅田さんがいつものように、カードでの支払いを済ませてくれる。

「ありがとう、ごちそうさま」

わたしは言い、浅田さんは、いや、と言った。何か言いたげだった。わたしは気づかないふりをした。

外は少し寒かった。わたしは彼の腕をとった。何度となく触れてきた、おそらくそのうちに触れられなくなる腕。感触を確かめながら、やっぱりサーターアンダギー食べてもよかったな、と思う。もうあの店には行かないのかもしれない。

部屋でだらだらと過ごしていると、電話が鳴った。着信画面に出ているのは、浅田さんの名前だ。

沖縄料理店で飲んだのは二日前だ。またどこかで会うことになるのだろうか、と思いつつ、通話を押す。

「もしもし」

「もしもし、今大丈夫？」

「うん」

「あのさ、本当はこの間言おうと思ってたんだけど」

「うん」

「今、俺、気になってる人がいて。史佳ちゃんとは別に」

知ってるよ、と言ってもよかったが、また、うん、と言う。

つま先が一瞬にして冷えていくのを感じる。さっきお風呂に入ったばかりなのに。

「ごめん」

謝るなんて無意味だ、とわたしは思った。

この間は意気地がないから言えなかったんでしょう、それでもう、顔を見て伝えることはできそうにないって思って、電話で言うことにしたんだね。

頭に言葉が浮かんだけど、ぶつけても仕方のないことだった。わたしは左耳に電話を当てたまま、厚手のルームソックスを探す。少し沈黙《ちんもく》が続く。

「聞こえてる？」

「聞こえてるよ」

答えに対して、そっか、と言われたけれど、すごく悲しげで、聞こえてないのを望んでいたかのようだった。

悲しげな声のまま、ぽつぽつと話す彼の声を聞いていた。わたしは時々、相づちを打った。とはいえ、うん、そっか、くらいのものだ。他に言えることなんてないから。

彼が今の気持ちを話したり、謝ったりする間、わたしは過去を思い出してばかりいた。沖縄料理店で思い出したように、初めて会ったときのことも思い出したし、それから付き合うようになったときの彼の言葉や、一緒に観た映画のことなんかも思い出した。一年くらい付き合ったのだから、思い出だけでもかなりのものだ。

「ごめん。泣かないで。俺が言うのも勝手かもしれないけど」

彼の言葉に、わたしは思わず、自分の目の下に指をやった。自分でも気づかないうちに泣いているのかと思ったからだ。だけど肌は乾いていて、涙はちっとも出てきそうになかった。もしかして浅田さんは、わたしに泣いてほしいのだろうか。わたしは、うん、とだけ言った。

通話時間は三十分ほどだった。電話をテーブルの上に置くと、わたしは洗面台に向かった。歯ブラシ、ひげそり、ヘアーワックス、制汗剤。まとめてビニール袋に入れてから、スプレーって何ゴミだっけ、中身はどうするんだっけ、と思う。明日調べよう。とりあえず、明日。

洗面台の鏡に映る自分を、まじまじと眺《なが》める。まったく化粧をしていない肌の色は、少しくすんでいる。ぼさぼさの髪の毛。眉毛《まゆげ》の手入れもしばらくしていない。

わたしは死んだのかもしれない、と不意に思う。

出会ったばかりの頃、浅田さんは、今のわたしと同じ二十七歳だった。二十七歳はたくさんのロックスターが死んだ年齢。かつてそんなことを話していた。もう浅田さんは憶えていないかもしれないやりとり。

わたしはロックスターではないのに。

どんなにひどい喧嘩《けんか》をしたようなときだって、基本的に、わたしたちは向き合っていたし、好き合っていた。今もわたしは浅田さんを好きだし、浅田さんもわたしのことを嫌いになったわけではないだろうけれど、わたしたちはもう、向き合ってはいない。わたしがどんなに浅田さんの視界に入ろうとしても、彼にはもう、わたしは見えない。

わたしは、死んだのだろう。

別れ話を終えた翌日も、わたしは会社に行った。当たり前のことを当たり前にする必要があった。

とはいえ、当たり前の心理ではなかったようで、いつもよりも少し早い電車に乗ってしまったので、駅から職場までの道にある花屋に寄って、オレンジのガーベラを数本と、フラワーベースを買った。デスクの上に飾《かざ》っていると、同僚や上司から、どうしたの、いいことでもあったの、と半《なか》ばからかいの口調で言われ、そのたびに、普通ですよー、と笑って答えた。普通だ、と自分に言い聞かせたかった。

オレンジのガーベラは、一週間ほどして枯《か》れた。また新しい花を買おうと思って、花屋に寄ったけど、結局何も買わなかった。

ああそうだ、浅田さんとわたしが付き合っていることを知っている友だちには報告しなければ、と思い、連絡をとりはじめた。たいていはメッセージでやり取りするくらいだったけれど、中には電話をかけてきてくれたり、会おうと言ってくる友だちもいた。誘いは、できるかぎり断らないようにした。手帳に予定を書き込むのは、幸せな行為だった。手帳用の小さなシールまで買って、誰かと会う予定の日付に貼《は》り付けた。シールが多ければ多いほど嬉《うれ》しかった。

丁寧にメイクをしたし、ネイルが剝《は》がれていることがないように心がけた。新しく買う服は、明るいパステルカラーを中心に選んだ。その甲斐《かい》あってか、会ったときに、綺麗《きれい》になったね、と言ってくれる人までいた。そう言ってもらうと、自分が負けていないようで安心できた。何と闘っているのかもわからないのに。

浅田さんと別れたことに対しては、みんながいろんな反応をした。次探そうよ、合コン開くよ、と言ってくれた人。つらいよね、わたしも実は、と過去の自分の経験を話してくれた人。おすすめの本やCDを貸してくれた人。そのくらいでへこんでちゃだめだよ、と諭《さと》してくれた人。とにかく飲もうよ、とお酒を勧めてくれた人。

わたしはその都度、律儀《りちぎ》に返事した。合コンなんて久しぶりだなー、と明るく答えた。やっぱりなかなか忘れられないよね……、としんみりした口調で語った。CDをiPodにうつして、眠る前に本を読み、感想を添《そ》えて返した。そうだよね、とうなずいた。おいしいお酒もおいしくないお酒もいっぱい飲んで、よく笑った。

どんなことも言えたし、どんな表情もできた。わたしがしなかったのは、泣くことくらいだ。

誰とも会う予定がなく、同僚をごはんに誘って断られたような日は、浅田さんのことを思ってみた。一人の部屋で。

浅田さんの顔をうまく思い出せなくなっていくのを、悲しむべきなのか喜ぶべきなのかわからなくて、困った。だけど彼のことを考えているうちに、もしかしたら別れていないのかもという気にすらなってきた。しばらく仕事が忙しくて会えていないだけで、別れていないのかもしれないと。

もちろん実際にはそんなことはないとわかっていたはずだけど、思い込めてしまいそうな自分が怖くなったので、彼のことを思うのは、なるべく控《ひか》えるようにした。

浅田さんのことを考える代わりに、わたしは、自分に必要なものを考えた。そしてそれは、趣味ではないかという結論を導き出した。

わたしには、趣味と呼ぶべきようなものはほとんどなかった。ボードゲームは好きだったけど、自分で買ってプレイしたいというほどではなかったし、彼から離れた場所で、何か打ち込めるものを見つけたかった。ゲームでもサッカーでもフットサルでもスノボでもゴルフでもないもの。

英会話スクール、レンタルビデオ、色彩検定。どれもそれなりに興味があったのだが、いざ実際に通ったり勉強をはじめてみると、さほど熱心にはなれなかった。

わたしは料理を始めた。

思いついていないわけではなかった。むしろ、思い出が詰まりすぎていたから、避けていた。ほとんど使っていない台所に立つと、かつて交わした会話が、脳内にまざまざと甦《よみがえ》る。

「史佳ちゃんって、料理できそうなのに、全然しないよね」

「その分、浅田さんがしてくれればいいんじゃない？」

「俺も苦手だけど、じゃあ、頑張っていい旦那《だんな》さんになります」

「え、それってプロポーズ？」

「どうだろうなー」

いくらでも浸《ひた》れそうで、そして浸れば浸るほど、浅田さんにふられてしまったのだという事実を忘れてしまいそうで、怖かった。

浅田さんがチャーハンを作ってくれたこともあった。玉ねぎとベーコンだけの、シンプルなもの。味つけが濃くなりすぎたことを彼は心配していて、実際、ちょっと濃い目ではあったけれど、おいしいよとわたしは言った。おいしかったし、何より、嬉しかったから。彼の料理を食べられたことが。

料理をすると決めて、埃《ほこり》がたまった換気扇を掃除しながら、わたしは考えた。料理することで、浅田さんのことを思い出してしまうだろう。どんどん思い出して、もっと怖い自分になってしまうかもしれない。でも、それでいいのだ。わたしはどうせ、趣味もうまく見つけられないような女だし、どっちにしても思い出の中でしか生きられていないのだから。彼のことを思い出そうが思い出すまいが、今みたいに、生きてるふりを続けるのは変わらない。

換気扇が綺麗になってからもまだ、しばらく拭《ふ》きつづけた。

意外なことに、何の問題もなく、料理はわたしの趣味となっていった。

目の前の作業を、丁寧に確実に行う。それがわたしの心がけたことだった。にんじんの皮をむいたり、玉ねぎをみじん切りにしたり、一つ一つの作業を集中して行ったので、浅田さんのことを思い出すような余地はなかった。

ただ、焼き時間や煮込み時間が長い料理のときは、ぽっかりあいてしまったその時間を持て余してしまった。でもそれも最初のうちだけで、慣れてくるうちに、それらの時間は、次の作業の準備をしたり、使い終わったものの後片付けをするためのものとなった。

「基本レシピ100☆これであなたも料理上手に！」というタイトルの料理本を参考にしながら、わたしはいろんな料理に挑戦した。和食、パスタ、スープ。多少の失敗はあったものの、食べられないほどの大失敗はなく、わたしは料理を楽しいと思えるようになった。自分で作った食事は、今まで口にしていたコンビニやファミレスのものよりも、ずっとおいしく感じた。

しかし一人で食べられる量には限界がある。数日同じメニューが続いてしまうのには閉口した。冷凍できるものは冷凍したり、会社にお弁当を持っていくようにしたものの、供給は消費を上回った。残り物があるにも関わらず、時間ができるとついつい料理に挑戦してしまいたくなったせいだ。

五回ほど作った「チキンのねぎソース」が、本を見ないでもできるようになったのをきっかけに、料理を人に食べてもらうことを思いついた。

チキンのねぎソースがメインだとすると、あとは魚介と野菜かな。あさりの炊き込みご飯、かき玉汁、揚げ出し豆腐、ロールキャベツ、あたりでどうだろう。冷蔵庫に作り置きしてある、なすのひねり漬けも出せば、結構豪華な食卓なんじゃないかな。デザートにはクッキーを焼こう。甘さ控えめにすれば、おつまみにもなりそうだし。この機会に、クッキー用の可愛い型もいくつか買ってみようかな。

携帯電話のメモ帳に、思いついた献立《こんだて》を打ち込みながら、計画するのは楽しいな、と思った。

こんなふうに計画を楽しんだことが前にもあった、と思い、それが浅田さんとの旅行前であることに気づく。わたしの部屋で、ガイドブックを広げて、これ食べたいねーとかここ行ってみたいなとか、二人で顔を突き合わせながら、数時間は話し込んだ。そんなふうにして作成した、完璧《かんぺき》ともいえるスケジュールを書き込んだルーズリーフを忘れたことに気づいて、落ち込んでしまった行きの列車内でも、浅田さんは優しかった。

浅田さん。

わたしは、料理の計画を一旦放り出して、彼の名前を呼んでみた。久しぶりに呼ぶので、なんだかぎこちなく聞こえた。浅田さん。浅田さん。ぎこちなさが消えるまで、何度か繰り返してみた。

ぎこちなさがなくなっても、返事はなかった。目の前にあるテキストデータは、献立であり、あのときのようなルーズリーフでもなければ、旅行の計画でもなかった。顔をあげて見渡した部屋には、わたしの物しかなかった。

ああ、そっか。

気づいてからも、わたしはまた浅田さんの名前を呼んでみた。浅田さん。一方で、彼の顔や声が、どこかぼやけていて、はっきりと思い出せなくなっていることにも気づく。

わたしを含めて三人が、テーブルを囲んでいる。

全員が、大学時代にゼミで知り合った友だちだ。浅田さんのことを知らないのが重要だった。参加の連絡をくれたもう一人からは急遽《きゅうきょ》、仕事の都合で遅れてしまうという連絡があり、三人でごはんを食べ始めることにしたのだ。

料理なんかできるの、と言い、おそるおそるといった様子で食べはじめた友だちが、どれもすごくおいしいと、口々にほめてくれた。

途中で味見ができないものが多くて心配だったけれど、彼女たちの言葉に嘘はなさそうだったし、実際に自分で食べてもおいしいと思えるものばかりだった。安心した。

食後しばらくして、あらかじめ作っておいたクッキー生地を、オーブンに入れてもまだ、もう一人は現れなかった。送ったメッセージも既読にならない。彼女がようやく登場したのは、三人で、昔話や仕事のグチ、彼氏に関するノロケ半分の悩み相談なんかで盛り上がっているときだった。

ピンポーン
ドアチャイムの音に、慌てて玄関に向かい、鍵《かぎ》を開けると、登場した友だちは、バッグの他に、そう大きくない紙袋を持っていた。片手で抱えるようにして。

「遅かったねー、おつかれさま」

「ほんとごめんねー、お腹へった。まだごはんある？　あ、あと、これお土産《みやげ》」

差し出された紙袋を受け取る。ごくわずかにあたたかい。紙袋の口から中身を覗《のぞ》いた。茶色いかたまりがいくつか入っている。

サーターアンダギーだった。

「よかったらあったかいうちに食べて。会社の近くで、物産展やってたんだよね」

わたしは台所で、紙袋の中身をお皿にうつした。笑ったみたいに割れている形。懐かしい。懐かしさが苦しい。

「わ、おいしそうー。いただきます」

手洗いを済ませて、食べはじめた友だちと、それを迎え入れる、別の友だちの会話が聞こえてくる。

食べそびれていた、サーターアンダギー。

考えないようにしよう考えないようにしようと思っているのに、浅田さんとの沖縄料理屋での会話がよみがえってくる。ここのところ、ずっと思い出さずにいた浅田さんの顔や声が、まるで目の前にいるかのように鮮明《せんめい》に浮かび上がる。

わたしはサーターアンダギーを並べたお皿と、炊飯器からよそった、遅れてきた友だちの分の、あさりの炊き込みご飯が入った茶碗《ちゃわん》を持っていく。

「わ、これ何？」

「サーターアンダギーだよ。沖縄のお菓子」

一人の問いに、持ってきた友だちが、少し得意げともいえる様子で答える。

「あ、知ってる知ってるー。沖縄で食べたことある！」

「いいなー、沖縄行ったことなーい」

「まだちょっとあったかいね、おいしいー」

「沖縄って今の時期でももう海に入れるのかなあ」

他の子たちが盛り上がる様子を聞きながら、わたしは今度は、あたためなおしたかきたま汁をお椀《わん》によそう。テーブルに運ぶと、友だちは、ありがとう、っていうかどれもおいしいね、とはしゃいだ様子で言ってくれる。

「史佳もよかったら食べて食べてー」

ごめん、苦手なんだよね。そう言うのもできると思ったけど、つい、手を伸ばしてしまった。まだ温かさが残るサーターアンダギー。

おそるおそる、一口かじってみる。黒糖の風味が口に広がる。あの店のサーターアンダギーと、どっちがおいしいかを考えてみようとしたけれど、あの店の味を忘れてしまっていることに気づいた。

ゆっくり噛《か》む。早く食べ終えてしまいたい気持ちと、ずっと味わっていたい気持ちの、どちらも生まれる。

あ、今なら泣ける。

不意にそう思った。沖縄料理店で会ったときにも、電話で別れを告げられたときにも、幸せな思い出をよみがえらせたときにも、けっして出なかった涙。今なら、たやすく流すことができる。目の前にいる友だちは、びっくりして戸惑うだろうけど、きっと暖かくなぐさめてくれる。思いきり泣いて、そうすればまた、生きられるかもしれない。ずっと死んでいたわたしが、もう一度、生きなおせるかもしれない。

チーン

音が鳴った。オーブンレンジだ。自分がクッキーを焼いていたのを思い出し、口の中のサーターアンダギーを飲みこんで、言った。

「クッキー焼いてたんだよね。食べてー。あとお土産に持ってきてもらったチョコレートも出しちゃうね」

自分でも驚くほど、明るい口調になった。立ち上がり、台所へと向かう。友だちも明るい声で、クッキー楽しみ、と言った。

わたしは、ずっと泣けていない。

だけど、それでいいと思った。泣かないまま、泣けないまま、過ごしていく。浅田さんのことを、考えないようにしながら考えたりもする。仕事に行ったり、友だちとごはんを食べたり、たまに実家のお母さんに電話したり、緑色の入浴剤をいれたお風呂に入ったり、眠ったりする。そして、生きる。

「食卓、めちゃめちゃ豪華だね。なんかお祝いみたい」

「記念日だからね」

友だちに、わたしは答える。

「え、記念日だったの？　なんの？　誕生日じゃないよね？」

驚く別の友だちに、記念日ってことにしたの、とわたしは答える。名前はまだ決めていない。サーターアンダギー記念日、はおかしいし、失恋記念日、というのも今日じゃない。あとで決めたっていいし、決めなくたっていい。

泣かないままで、生まれ変わろうと思った。いつか泣くかもしれない予感を抱いたまま、生きてみたいと思った。死んだようになるのはいやだと思った。生きていこうと思った。

# 新しい干支

突然始まったルームシェアだから、突然終わるのも当然なのかもしれない、と思っている。

いや、思っている、というより、言い聞かせている、だ。形あるものは壊れるし、永遠なんてないし、犬は吠《ほ》えるがキャラバンは進むし、明けない夜はないし、ルームシェアはいつか終わる。めちゃくちゃなのは承知しているが、とにかく無理やりにでも割り切っていくしかないのだ。

それにしても、物の多さにウンザリしてしまう。自分に与えられた六・五畳というけっして広くないスペースに、こんなにも多くの物が詰まっていたなんて。テレビ台の引き出しから現れた、何を止めるためなのかわからないネジと、何を開けることができるのかわからない小さな鍵《かぎ》を、捨てるべきか段ボールに入れるべきか悩んで、どちらもそのままに、フローリングに仰向《あおむ》けになる。クッションは既《すで》に段ボールに詰めてしまった。床の硬さと冷たさが背中を責めるが、このまま眠りたいような気持ちのほうが強い。さすがにそんなわけにいかないと知っているけど。

提案してもらったとおり、ひと月遅らせてもらえばよかったのかもしれない、と思う。引っ越し準備を始めてからというもの、何度も思っている。仕事も忙しい十二月になって、貴重な休みに、不動産店を回りながら、やっぱりもう一ヶ月だけお願い、と言う自分の姿を想像していた。

想像を実行に移さなかったのは、意地だ。つまらない見栄というかプライドというか、とにかく意地。わたしは知世《ともよ》とのルームシェアが終わることに名残《なご》り惜しさも寂《さび》しさも感じてないし、むしろ久しぶりの一人暮らしが楽しみなくらいです、だってわたしは一人でも楽しく生きていけるから、と見せつけたかった。そう思っているのだと思ってもらいたかった。知世や知世の彼氏に。そして見知らぬ不動産店のおじさんに。つまり世界中に。

ルームシェア相手に恋人ができて、彼女が彼の部屋で同棲《どうせい》することになったから出ていくことになり、一人じゃ家賃を払いつづけることはできないから仕方なく新たな物件を探すなんて、惨《みじ》めではないか。実際、事実はそのとおりなのだけれど。どこを切り取っても間違っていない。

お正月明け、管理会社の担当者がここにやってくることになっている。いわゆる立ち会いというやつで、余計なものは残っていないか、修復が必要なほど破損している箇所はないかといったことを確かめるのだ。立ち会いの時間は夕方で、午前中から、知世と二人で、軽く拭《ふ》き掃除などをすることになっている。あと何度知世がこの部屋にやってくるのかわからないし、本人だって決めていないかもしれないけど、とにかくわたしは、自分の荷物をまとめておかなければいけない。そもそも立ち会い前日には、男友だちが軽トラックを借りて、荷物を運んでくれることになっている。引っ越し先はここからそう遠くないとはいえ、量を考えると何往復かさせることになってしまうだろう。荷造りまで手伝ってくれとは言えそうにない。あと数日のうちに、自分一人で、しっかり荷造りを終えなくては。この部屋と、共有スペースだった台所や洗面台にある分まで。

白い天井を見ながら、大晦日《おおみそか》、とわたしは思い、小さく口に出してみる。十二月三十一日。一年のしめくくりとなる最後の日に、こうしてたった一人の部屋で、仰向けになっている。

「じゃあ、梓《あずさ》さん、わたしと住みましょうよー」

知世がそう言い出したとき、何かの冗談かと思った。だからこそ気軽に、あははー、いいかもねー、と返したのだ。

なのにいきなり、真剣な顔つきになって、どのへんにします？　なんて言い出すから、野暮《やぼ》になるのを承知で、本気で言ってる？　と訊《き》き返さざるをえなかった。

引っ越すつもりだというのは、わたしから切り出した話題だった。その前に確か、お風呂の調子が悪いというのを伝えていたから、別のきっかけがあったのかもしれないが。特に知世に向けてというわけではなく、みんなに向けて話していたので、途中から知世が熱心に聞いてくれているのにも、まるで気づいていなかった。

もちろん本気ですよ、と即座に返されて、慌てて、いやでも一緒に住むって言っても、と我ながら煮え切らない返答をした。知世はあきらめるどころか、子どもに教えるようなゆっくりとした口調で、わたしに言った。

「わたしも引っ越さなきゃいけないし、梓さんも引っ越したい。二人で住めば、一人で住むよりも条件のいいところに暮らせるし、光熱費も安くつく。なんでダメなんですか？」

周囲で飲んでいた数名も、いいじゃんいいじゃん、と向こう側に加勢してきた。みんな酔っぱらっていたのだ。わたしだって。もちろん知世だって。

二つ年下の知世とは、友だちの友だちとして知り合った。複数名の飲み会で時々顔を合わせる仲だったが、逆に言うと、その程度の仲にすぎなかった。わたしはそれまで、彼女に直接連絡をしたこともなかったし、連絡先すら知らなかった。いつも誰かが呼んでいたり、逆に彼女以外の誰かに呼ばれたわたしが出かけた先で会うだけの関係だった。

知世はお酒をよく飲んだ。酔っぱらうと、いつも楽しそうに、表情をころころと変えていた。声は多少大きくなったが、柔らかいトーンは変わらなくて、冗談交じりに誰かを怒るようなシーンがあっても、嬉《うれ》しそうだった。酔いつぶれたり、迷惑をかけたりしたのを見たことがなかった。友だちの経営する雑貨店に勤めているということだったが、いつも古着っぽい服を身につけていた。古着っぽいワンピースとか、古着っぽいTシャツとか、古着っぽいロングスカートとか。かといって安っぽいとかお金がなさそうに見えるというわけではなく、根拠はないけど、育ちがよさそうな子だなあと思っていた。彼女にとてもよく似合っていたからかもしれない。自分に似合うものを知っているように見えた。

「でもお互いのこと、全然知らないし」

仲良くないし、という言葉よりはマシだろうと思い、そちらを選んだ。当時はまだ、ちゃん付けで呼んでいたのだ。口にしてから、告白を断っているみたいだなと思って、ちょっと笑った。わたしが笑った理由とはおそらく違う理由で、知世もちょっと笑って、それから言った。

「こういうのはそんなに知らないもの同士のほうがうまくいくんですって」

やけに自信に満ちた言い方だった。言い切られると、そうなのかな、という気すらしてきた。数杯のハイボールによって、あまり面倒な思考はできなくなっていた。

「考えとく」

さすがに断定するのはまずいと思い、かといって断っていては、周囲にも突っ込まれてしまいそうだったので、そう答えて逃げたつもりだったが、その場で予定をすりあわせ、不動産店に行く日程を決められた。ついでに連絡先も交換した。

「どんな部屋がいいかなあ」

知世のつぶやきは、もはや同居が決定しているかのようだった。わたしは聞き流したけど、最初からわたしに向けられている感じでもなく、むしろ独り言のようだった。

知世と住むことになったのを告《つ》げたとき、怜司《れいじ》はとても驚き、それから笑った。嬉しそうに。

怜司は当時付き合っていた恋人だ。

引っ越すことは既に彼に話していた。退去するには二ヶ月前までに伝える必要があるので、わたしはもう、契約を更新しない旨を、管理会社に連絡していたのだ。

にもかかわらず、なかなか物件探しに取りかかれずにいたのは、怜司との同居、というか、彼からのプロポーズがあるかもしれない、と期待していたからだ。三十歳目前にして、周囲には結婚する友人たちもだいぶ増えてきた。わたしより一つ年上の怜司にしても、同じような状況だったはずだ。互いの誕生日やクリスマスなど、ちょっとしたイベントごとがあるたびに、結婚という文字が彼の口から出るのではないかと胸を高鳴らせていたが、一度としてそんなことはなかった。

知世との同居という困った報告をしたつもりが、嬉しそうに笑われたことに戸惑いもおぼえたものの、わたしは彼の笑い方が好きだったから、だんだん楽しい報告をしたような気になってきた。そして聞かれるままに、知世について答えた。とはいえわたしも、彼女についての情報を多く持っているわけじゃなかった。

でも一緒に不動産店に行って、そこで見た部屋を二人して気に入ってしまい、気づいたら決めていたのだというくだりを、脚色しつつ話すと、それにも怜司はいちいち新鮮でおもしろがる反応を見せてくれた。

「その子、可愛いの？」

訊《たず》ねられたとき、わたしはちょっと困った。可愛い、と答えるのも、可愛くない、と答えるのも、どちらにしても違和感があった。パーツはどれも整っているのだが、全体的なバランスが、ちょっとだけ崩れているように感じていた。どこをどうというのはうまく言えないのだが。

「目が大きいよ」

わたしは知世を頭に思い浮かべながら答えた。くりっとした、黒目の大きい、よく動く瞳《ひとみ》。

「あと、モテると思う」

以前、飲み仲間が、知世を口説きかけているようなシーンがあったのを思い出し、わたしはさらに言った。当時、知世には恋人はいないということだった。

「写真とかないの？」

さらに訊ねられて、スマートフォンの写真フォルダを操作したものの、撮った憶《おぼ》えなんてなかったし、実際に一枚もなかった。そう告げると、怜司は残念そうな表情を見せた。

わたしはなんだか申し訳ない気持ちになり、そのうち紹介するよ、と言った。どっちにしても、一緒に住むようになれば、顔を合わせる機会だって訪れるはずだった。

「早く会ってみたいな」

そう言った怜司の横顔を見たときに、もしも知世と怜司が会って、恋に落ちてしまったらどうしよう、という不安が生まれた。普段彼がわたしの友人関係に、興味を示すことは少ない。

浮気しないでね、と言いかけたが、言うことで意識させてしまうのではないかと思って、口をつぐんだ。

結局は別のある日、デートのあとでわたしを送ってくれた怜司と、仕事から帰ってきた知世が、ちょうどマンションの前で顔を合わせたので、そのまま怜司を部屋にあげて三人でお茶を飲んだ。

ルームシェアにあたって、あらかじめ決めたルールの中に、恋人は家に連れ込まない、というものがあったのだけど、お茶を飲もうというのは知世からの提案だったので、そのときはありがたく受け入れた。怜司は落ち着かなそうに、背中をちぢこめるようにしてほうじ茶を飲んでいた。

互いが持ち寄った食器はちぐはぐなものだったので、わたしと怜司は、色違いの無地のマグカップでお茶を飲んだが、知世は全面に大きくワニが描かれたマグカップを使っていた。目だけがやけにリアルだった。それまで知世の使う食器を目にすることはほとんどなかったので、ワニだ、とわたしは思ったが、言うほどではなかったので言わなかった。怜司も思っていたかもしれない。あ、ワニ、と。

三人で食卓を囲んで、時おり質問し合っているのは、幼い頃によくやっていたままごとのようだったが、誰が誰役になるのかという、しっくりとした形を、脳内で当てはめられないまま、怜司が帰ると言った。わたしは彼を駅まで送ると言い、そうした。マンションの外に出ると、怜司は、小動物みたいな顔だね、と言った。知世を指しているのだとすぐにわかったし、言い方で、知世にさほど好感を抱かなかったのだと悟った。少しだけ安心したのと同時に、それ以上に悲しくなった。まだルームシェアを始めて間もない知世のことを、わたしはずいぶん好きになっているのだと、そのときまで自分でも気づいていなかった。

「いい子だよ」

わたしが言うと、怜司はそれ以上、知世については特にコメントしなかった。ちょっとだけ部屋の話をしてから、次に会ったときに行きたい店について話しているうちに、駅に着いた。

部屋に戻ったとき、知世は、かっこよくておもしろい人だね、と言った。ほめているものの、特別気にいったという様子ではなかった。わたしは曖昧《あいまい》な返事をした。

怜司とはそれから少しして別れた。彼に他に付き合いたい人ができたと告げられたからだ。相手はわたしの知らない女性だった。

視界がぼんやりとしている。入りこんでいるのが、白い天井だというのに、徐々に気づいていく。身体《からだ》のふしぶしが痛い。

どうやら、フローリングの上でそのまま眠ってしまっていたようだ。エアコンをつけているとはいえ、部屋は寒い。風邪をひくかもしれない。引っ越し準備で忙しい年末年始に風邪なんて、シャレにならない。

起き上がり、置いていたペットボトルを手に取って、残っているお茶を飲む。口の中が渇いている。

当たり前だが、作業は途中のままだった。眠っているあいだに小人が進めてくれるはずがない。眠る前よりも孤独を感じる。

壁に掛けている時計は、既に段ボールのどれかに詰めているので、スマートフォンで時間を確認する。夜九時半。眠っていたのは一時間に満たないくらいだ。それでも時間を無駄にしてしまった感覚は強い。

今ごろ実家では、夕食の手巻き寿司と年越しそばを食べ終え、姪《めい》っ子を眠りにつかせているだろうか。居間のテレビでは紅白歌合戦がついているだろう。

大晦日の夕食の献立《こんだて》が手巻き寿司になったのは、数年前に兄が結婚して、大晦日と元日の二日間を、兄の奥さんも一緒にわたしたちの実家で過ごすようになってからの習慣だ。そのあとでお椀《わん》一杯ほどの年越しそばを食べる。食べ合わせとしては微妙だし、兄の奥さんが特に手巻き寿司が好きというわけでもないと思うのだけど、テーブルの上に具材が並べられるのを見ると、ああ年末だなあ、と実感する。

年末年始は毎年、実家に帰って過ごしていた。両親とも兄夫婦ともけっして仲が悪くないのだけど、自分が招かれざる客となったような気分になることがある。二年前に姪っ子が生まれてからは余計に。二十年以上を過ごしてきたはずの実家が、なんとなくよそよそしい空間に感じられてしまう。

実家を出たのは、大学を卒業し、今も勤めているカード会社に就職してからだ。そのまま実家から通勤することも可能だったが、家を出るタイミングをずるずると失ってしまいそうなのが目に見えたため、思い切って一人暮らしを始めることにした。

父からはそれなりの反対を受けたけど、押し切るようにして始めたのだった。

二年前にルームシェアをすることになったときには、さぞかし反対されるだろうと思いきや、へえ、という程度の反応だったし、今回のルームシェアの解消と再びの一人暮らしにあたっては、両親とも、聞いているのか聞いていないのかわからないくらいのリアクションだった。三十を過ぎた娘がどんなふうに暮らしているのか、さほど興味がないのかもしれない。

すっかり自由に過ごせるようになったのが、少し寂しくもあるけど、同じように独身の女友だちに訊ねると、結婚についてうるさく言われることも増えたらしいので、そうじゃないのをありがたく思うべきなのかもしれない。

わたしの夕食は、眠ってしまう少し前に、コンビニで買った親子丼で済ませた。食べながら、そういえば年越しそばと思い出したものの、また買い物に行くのは面倒だったし、食べきれる自信もなかった。それに長く細く生きるためだという年越しそばにあやかりたいとも思っていないのだ。

おそばも紅白歌合戦もない大晦日。なんて自由で、なんて一人なのだろう。

自室の片付けに飽《あ》きたので、台所を先に片付けてしまうことにした。そして流し台の下の大きな扉を開けた瞬間に気づいた。たこ焼き器。

知世が持っていくのを忘れたのだろうか。それとも知世の中では、彼女のものではなく、わたしのものという認識なのだろうか。

箱を取り出してみる。二年弱の間に、使ったのは三度ほどだろうか。もっとあっただろうか。しっかり思い出せないが、最初に使ったときのことは憶えている。怜司から別れを告げられて、亡霊のような気持ちで電車に乗って帰宅した。帰ったときに、リビングでテレビを見ていた知世は、わたしに向かって、おかえり、と言った。

「ふられた」

ただいま、ではなく、そう答えた瞬間に、いきなり涙が溢《あふ》れたので、知世も驚いたし、わたしも驚いていた。泣くのを我慢しているつもりはなかった。ただ、次から次へと涙は溢れ出て、全然止まりそうになかった。ごめん、と言いながら、わたしは立ったままで泣いていた。

立ち上がった知世に、ティッシュを次々と渡されたので、涙をぬぐい、洟《はな》をかんだ。水分と悲しみが、こんなにも自分の身体にあったのが不思議だった。少し声を出して泣いた。そのほうがラクだと気づいたからだ。

どのくらいそうしていたかは忘れたが、もう落ち着いた、と思えるところで、また知世に、ごめん、と言って、さっきと同じように、ふられた、と言った。もう涙は溢れなかった。

「明日の夜、たこ焼きしようか」

知世はわたしにそう提案した。たこ焼き？　わたしは彼女が、聞きまちがいか、もしくは人まちがいをしているのかもしれないと思った。たこ焼きは別にわたしの好物ではなかった。なので訊ねた。

「たこ焼き？」

「焼くの楽しいよ、きっと。梓さん、何時に帰ってくるの？　わたし、明日は休みだから」

納得したわけではなかったが、少なくとも人まちがいをしているわけではなさそうだったので、帰宅予定時間を答えたら、今度は具材について訊ねられた。

「たこ焼きって、たこじゃないの」

おそらく既に赤くなっているであろう鼻をかんでから答えると、知世は言った。

「既成概念を捨てるところから、たこ焼きは始まっていくんだよ」

「なにそれ」

わたしは思わず笑った。そして言った。

「たこ焼き、って言ってるんだから、たこでしょ」

「たこは基本だけど、応用していこうよ。わたしたちだけのたこ焼きを作るんだよ」

わたしたちだけのたこ焼き……。相変わらず意味はわからなかったが、考える、と答えて、部屋で着替え、洗面台で顔を洗った。泣いたせいでアイラインもアイシャドウも崩れ、ひどいことになっていた。クレンジングオイルでメイクをすべて落としても、泣いた痕跡《こんせき》は明らかに顔に残っていたが、気持ちはどこか晴れやかでもあった。

リビングに戻ると、知世は何か書いていた。覗《のぞ》きこんで、それがたこ焼きの具材だとわかったのは、一番上に「たこ」と書いてあったからだ。なかなか上手なイラスト付きで。

しそ、キムチ、チーズ、と並んでいく具材の中に、チョコレート、バナナ、というのもあった。

「チョコレート？　バナナ？」

思わずいやな声を出すと、デザートたこ焼き、これはソースつけないよ、と素早く返された。もはやたこ焼きじゃないじゃん、と思ったが、おいしそうな気もしてきたので黙った。

それから一緒に、思いつくままに具材をあげていった。フォアグラ、とか、キャビア、とか、絶対に買わないであろうものまで書いた。言うのが楽しかったし、書くのも楽しかったのだろう。

小さめのメモ帳に書いていたので、白いページはすぐに食べ物で埋まっていった。何枚も続いた。

「梓さん、たこの絵描いてみて」

そう言ってペンを渡されたので、いやいやながら、隅っこに小さく描いてみると、妖怪《ようかい》みたい、と大笑いされた。言いすぎ、と軽く怒ったけど、自分でも妖怪に見えてきたので笑った。絵は幼い頃から苦手だった。打ち明けると、そう思ったから描いてもらったの、という答えが返ってきたので、肩を小突いた。妹がいたらこんな感じなのかもしれない、と初めて思った。

翌日仕事を終えて家に帰ると、たこ焼きの準備は整っていた。たくさんの具材が並び、テーブルの中央には、真新しいたこ焼き器が鎮座していた。

わたしたちは普段、食事を一緒にとることは少なかった。ルームシェアを始める前は、もっと一緒にとるものと思っていたが、わたしたちの生活スタイルは、数時間ずれていた。家を出るのも家に帰ってくるのも、たいていは知世のほうが数時間遅かった。休日もずれていた。作りすぎたからよかったら食べて、とたまにメモが残されていることがあって、メモの近くか、あるいは冷蔵庫に、その作りすぎたらしい料理の入ったお皿があった。たいていは野菜炒めのようなもので、ナンプラーかスイートチリソースか、そうしたエスニック風の味付けをされていた。

料理をおすそ分けしてもらったあとは、お返しとしてわたしも、知世用に料理を作っていた。ほとんどは和食。けれど自炊をするのは週末くらいで、平日はほとんど、コンビニやファミレスで済ませていた。知世も同じく、料理をしているのは休みの日が多いようだった。

「フォアグラはないね」

並んでいる具材を見ながら、わたしが言うと、売ってなかった、と知世は言った。冗談のつもりだったのに、スーパーで売っていたら買っていたのかもしれない。売っていなくてよかったと思いつつ、知世にせかされながら、着替えを終えて、テーブルについた。

わたしたちはあの晩、信じられないほどたくさんのたこ焼きを食べた。苦しいと言い合いながら、缶ビールを次々に空にし、並んだ具材を平らげていった。どちらかが何かを言っては笑い、大げさな相づちを打った。

思いついたことはなんでも、片っ端から口にしていったのに、知世がいてくれてよかった、とは言わなかった。何度も思ったのに言えなかった。楽しい夜の空気が、微妙に崩れてしまいそうで怖かったのだ。言いたくなるたびに、たこ焼きを口に入れた。熱を加えたアボカドの食感や、あたたかいバナナの甘さを、大げさに称《たた》えた。怜司のことを思い浮かべては、すぐに忘れた。

あれからもたこ焼き器を使ったが、最初の夜の楽しさと幸福さにはとうていかなわなかった。

知世が忘れたとも思えないので、これはプレゼントなのかもしれない。

たこ焼き器は大きすぎて、用意している段ボールには入らなかったので、箱の状態で置いておくことにする。あとは食器。用意している緩衝材は足りるだろうか。

近くに置いていたスマートフォンが鳴る。作業に集中していたため、予想外の音が響いたことに、驚いてしまう。

確認すると知世からだった。

「あけましておめでとう」

そう始まっているメッセージで、もう〇時を回ったのだと気づかされる。新しい年が始まった。こうして台所で、わたしが一人、段ボールに荷物を詰めているうちに。

長いメッセージだった。彼氏の実家に来ているけどなかなか面倒だという愚痴や、引っ越し時期が年始になってしまって申し訳ないという謝罪、そしてルームシェアをしてきた楽しさについての感謝、そうしたことが、知世らしい文で綴《つづ》られていた。

文章は、今年もよろしくね、と締められていた。一気に書いたのではなく、あらかじめ書いて準備していたのかもしれない。それを新年の挨拶《あいさつ》にまじらせたのだろう。

わたしはそれを、三回読み返した。ありがたいメッセージだった。

返信を打ちはじめたが、思いはなかなかまとまらない。書いては消す。

ふと思いつき、あまり使っていないアプリを起動させた。指で画面をなぞってイラストが描けるというものだ。試しにインストールしてみたものの、使う必要も、使いたい機会もほとんどなかった。

今年の干支を描いてみたが、まったくうまくいかず、それもまた描いては消した。

それから、たこの絵を描いてみた。指でなぞるため、メモ帳に書いたとき以上に下手だ。妖怪どころか、図形みたい。赤く塗りつぶすことで、なんとなくそれっぽくなった。データを保存する。

新年の挨拶と、戻ってきたらまた話そうね、というメッセージを綴り、送信する。それから、完成したばかりのたこのイラストを送る。へたすぎる、と笑う知世の表情を、ありありと思い浮かべることができた。

# 解説

宇垣美里
（フリーアナウンサー）

いくつになっても、何かを失う時の痛みに慣れることはない。

学生の頃から何もかもを相談し合い、互いを知り尽くした友人が結婚し、遠い土地へと引っ越すことを告げられたあの時。人生でこの人以上に愛する異性などできはしないと確信していた相手と、夜通し話し合い、互いのために縁を切ることをきめた朝。師と仰《あお》いだ人の冷たくなった肌を撫で、空へと見送ったあの夕暮れ。育ててくれた人々のもとを去り、新しい仕事への道を選んだ日。そしてその後のぽかんとした孤独。

毎回、体のどこかに穴が開いたかのような喪失感にもだえ苦しみ、さめざめと涙を流すのに、いつの間にか乗り越え、薄れ、忘れていく。その時は自分を燃やし尽くしてしまうように感じた激情も、喉元《のどもと》過ぎれば熱さを忘れ、いまや同じ熱さで涙を流すことなどできない。ただの記憶の中の1ページとして静かにそこにあるだけだ。そんな傷跡は残らなかった、けれど確実に痛みがあったあの時のことを、ふと思い出した。日常を過ごすなかで、少しずつ風化させていったあの痛みを、加藤千恵さんはどうして、こんなにも丁寧に覚えているんだろう。

本作「消えていく日に」には、誕生日やクリスマス、結婚記念日にお正月……それぞれの記念日を一人で過ごすことになった女性たちを主人公にした、9つの物語が収められている。恋人や夫、ルームシェアしていた友人など、大切だった何かを失い、それによってどこかが決定的に変わってしまった日常を、それでも生きてゆく様を淡々と描いている。たった一人で喪失に向き合う姿は、決して暗くはないけれど、悲しく、切ない。シンプルな言葉で紡《つむ》がれる情景の色彩は淡く、体温は低く静か。何か大きなドラマが起こるわけじゃない。だからこそ、彼女たちを取り巻く、誰しもの人生にあるであろう、ままならない感情に、胸がぐっとしめつけられる。遠い昔に蓋《ふた》をしたはずの記憶の奥底がうずく。この既視感は私か、もしくは私の友人か。この街ですれ違う誰かの話のように、身に覚えのある痛みだ。

例えば「返信は待たない」では、恋をしたことがある人なら一度は経験するその恋の本当の終わりを描いている。皐月は結婚記念日に夫が残業。腕を振るった食卓を前に、3日前に届いた、かつて好きで好きでどうしようもなかった人からの急な連絡への返答に迷う。気まぐれな連絡や、SNSのありがた迷惑な通知で、忘れた頃に唐突に現れるその人の影。好きだった頃の想いが走馬灯のように胸を巡っては、「こんなところが好きだったなあ」なんて、振り向く時のさりげない仕草や箸の使い方のような、他の人は気にもとめない些細《ささい》な部分を何度でも思い出し、その度に胸が熱くなる。浮かんでは消えてゆく、あったかもしれない未来、瞬間考えてしまうIFの火種を、その度にぎゅっと握りつぶして、前を向く。恋は恋のままに。その先に出会った安心と幸せを、皐月や私はもう知ってしまったから。

少しずつ過去になること。やがては忘れてしまうことを、時に少し寂しくも感じる。あんなにも大好きだったはずの人のことすら、こうやって私は忘れてしまうのかと、自分の薄情さに愕然《がくぜん》とする。でも、それが生きていくってことなのかなあ、と最近思えるようになった。

「二十七歳」で描かれているのは、失恋による喪失と、忘れることによって再生していく過程だ。史佳は2年付き合った浅田さんに別れを切り出される。ある日突然にひとりぼっちになってしまったとしても、当たり前に日常は続く。そこここに思い出があふれている世界で、私たちは生きているふりを続けなければならない。もう何も喉《のど》を通らない、食べることなんてしたくないと思った瞬間だってあったはずなのに、月日が経てば、今日の料理は上手くいったときゃっきゃしながら写真に収めている自分がいる。傷はいつの間にか風化する。

料理が趣味となった史佳を含め、「安全じゃない場所」の希は、かつて母が作ってくれたネギとミョウガたっぷりのそうめんにハマグリのバター炒め。「赤いプレゼント」の麻奈美は、やけに甘くて妙に懐かしい砂糖の粒がのったクッキー。「新しい干支」の梓と知世は具沢山のたこ焼き。本作ではいつだって喪失から立ち上がる瞬間に、美味しい食べ物がついてくる。

加藤千恵さんの作品にでてくる食べ物は、どれもこれも美味しそうでどこか懐かしく、なんだか思わず食べたくなってしまうものばかり。美味しい物は勇気をくれる。立ち上がるエネルギーが湧いてくる。食べることは生きること。そして、生きることは忘れることを恐れず、前へ前へと進むこと。

全ての出会いも痛みも喜びも、いつか終わり、別れ、忘れる。

「消えていくものたち」では、一日として同じ日はなく、街の景色は移り変わり、だからこそこの瞬間がどれほど奇跡的かということを、ある人の視点から優しく訴えかけている。10年前に大切だったはずの人の大半はもう周りにはいないし、宝物のように心の中で反芻《はんすう》した恋人からの甘い言葉なんて、どいつもこいつも似通ってるから、どれが誰のだか分からなくなった。去年、もう一生分頑張ったと思ったはずなのに、ここ3日間で毎日それよりもっともっと頑張らないと越えられない壁を越え続けている。確か半年前、何かに悩んでいたはずだけれど、それが何だったか、からきし思い出せない。今までもそうやって、消えてゆく日々を乗り越えてきたし、これからもきっとそう。

そう思うと、人生は色々なことにひとつひとつ、折り合いをつけていくことなのかもしれない。人は皆、降りしきる悲しみや別れを踏みしめて、一歩一歩道なき道を歩いていく。たとえ道を違えたとしても、出会った人たちに与え与えられ共有した感情や生まれた思考は、血肉となって自分の中に残り、ずっとずっと生きている限り影響し続ける。「ハグルマ」の奈未が、元カレや、かつて想いを寄せてくれた人に教えてもらったものを羅列するように、好きになった食べ物やかつて共に聞いた音楽、お気に入りになった作家、関係性の中で生まれたものの集約点こそが自分なら、それらとその先もずっと共に生きていけるなら、無駄な出会いなんて、なかったら良かった出会いなんて、ありはしない。

それでも新しい一歩を踏み出すのに躊躇《ちゅうちょ》するときは、「夏の飛びこみ」のあの一文を思い出そう。「飛びこんだら、泳ぐしかなくなるでしょ。そういう感じ」。

彼女たちのその先の人生を想う。清々しく前向きな読後感は、たとえ一人でも、歩み続けることを決意した者の美しさ故だろう。まだ記念日にひとりきりは、寂しい。けれど、その孤独を背負えた私は、きっとどこにだって行ける。

彼女たちや私たちがもがいてもがいて、泳ぎきった先には一体何があるのだろう。きっと新しい出会いがあり、また別の別れがある。明るいのか寒いのか、楽しいのか辛いのか、それさえも分からない。けれど、手にすることができなかったものも、結ばれなかった想いも、全部全部抱えて遠いどこかを目指し、前を向いて真摯《しんし》に生きていこうと思ったら、少し、幸福な気持ちになれた。

二〇二〇年八月

この作品は2018年6月徳間書店より刊行されました。
なお、本作品はフィクションであり実在の個人・団体などとは一切関係がありません。

## 徳間文庫

| | |
|---|---|
| 現代の小説2020 | 日本文藝家協会編 |
| 恋のかたち、愛のいろ | 唯川恵 他 |
| さよならくちびる | 原案・脚本 塩田明彦 ノベライズ 相田冬二 |
| D列車でいこう | 阿川大樹 |
| 植物たち | 朝倉かすみ |
| 地下鉄に乗って | 浅田次郎 |
| 日輪の遺産 | 浅田次郎 |
| 月のしずく | 浅田次郎 |
| 姫椿 | 浅田次郎 |
| Team・HK | あさのあつこ |
| 殺人鬼の献立表 | あさのあつこ |
| グリーン・グリーン | あさのあつこ |
| あるキング | 伊坂幸太郎 |
| 水光舎四季 | 石野晶 |
| 願いながら、祈りながら | 乾ルカ |
| 隠蔽指令 | 江上剛 |
| 人生に七味あり | 江上剛 |
| 断固として進め | 江上剛 |
| ロゴスの市 | 乙川優三郎 |
| 若桜鉄道うぐいす駅 | 門井慶喜 |
| 経済特区自由村 | 黒野伸一 |
| 鍵のことなら、何でもお任せ | 黒野伸一 |
| おいしい野菜が食べたい！ | 黒野伸一 |
| 早坂家の三姉妹 | 小路幸也 |
| 猫と妻と暮らす | 小路幸也 |
| 恭一郎と七人の叔母 | 小路幸也 |
| 帝冠の恋 | 須賀しのぶ |
| 俺はバイクと放課後に 走り納め川原湯温泉 | 菅沼拓三 |
| 俺はバイクと放課後に 雪が降る前に草津温泉 | 菅沼拓三 |
| 俺はバイクと放課後に 伊豆半島耐寒温泉ツーリング | 菅沼拓三 |
| 伯爵夫人の肖像 | 杉本苑子 |
| カミングアウト | 高殿円 |
| 失恋天国 | 瀧羽麻子 |
| 水上のフライト | 土橋章宏 |
| アオギリにたくして | 中村柊斗 |
| 弥生、三月 | 脚本 遊川和彦 南々井梢 |
| ブルーアワーにぶっ飛ばす | 箱田優子 |
| 本日は、お日柄もよく | 原田マハ |
| 生きるぼくら | 原田マハ |
| さよなら的レボリューション | 東山彰良 |
| お金のある人の恋と腐乱 | 姫野カオルコ |
| ヒット・エンド・ラン | 広谷鏡子 |
| ランチに行きましょう | 深沢潮 |
| 天空の救命室 | 福田和代 |
| おもいおもわれふりふられ | 堀川アサコ |
| 誰も親を泣かせたいわけじゃない | 堀川アサコ |
| まぼろしのパン屋 | 松宮宏 |
| さすらいのマイナンバー | 松宮宏 |
| まぼろしのお好み焼きソース | 松宮宏 |
| アンフォゲッタブル | 松宮宏 |
| 神去なあなあ日常 | 三浦しをん |
| 神去なあなあ夜話 | 三浦しをん |
| ヒカルの卵 | 森沢明夫 |
| 純喫茶トルンカ | 八木沢里志 |
| しあわせの香り | 八木沢里志 |
| きみと暮らせば | 八木沢里志 |
| こんな大人になるなんて | 吉川トリコ |

徳間文庫

消《き》えていく日《ひ》に



2020年9月15日　初刷

著者　加藤千恵《かとうちえ》
発行者　小宮英行
発行所　株式会社徳間書店
東京都品川区上大崎三―一―一
目黒セントラルスクエア　〒141―8202
電話　編集〇三(五四〇三)四三四九
　　　販売〇四九(二九三)五五二一
振替　〇〇一四〇―〇―四四三九二
印刷
製本　大日本印刷株式会社

ISBN978-4-19-894587-9　(乱丁、落丁本はお取りかえいたします)